抱きしめて離すもんか

高月まつり

illustration:
こうじま奈月

JN286625

prism bunko

CONTENTS

抱きしめて離すもんか

貸しビルの中に事務所を構える〝新界協力機構〟の所長室で、白遠《はくえん》は茶を飲みながら友人に話しかける。

もちろんここは人外たちが住む霧山《きりやま》の里ではなく、人間たちの世界で、しかも都心だ。

「知っているか？　人間の中には、猫は九つの命を持っているという迷信を信じている者がいるんだ」

白遠は茶飲み話のついでに口にした。

動物好きの人間が囁くその言葉を耳に入れるたび、彼は苦笑していた。

それはあながち間違ってはいない。

生き物としてあり得ない寿命を生きた猫は、二つの尾を持つ猫又《ねこまた》となる。

この、猫又たちの中には、それこそ八回妖怪に生まれ変わったのではないかというほど長く生きる者が多い。

神獣である白遠は、「妖怪には寿命がある」ことを知ったときは驚いたものだが、それはそれで、ありなのだろうと思った。

ときに（限りなく果てしないとしても）、いつかくるだろう〝終わり〟という現象に憧れもした。

友人の、孔雀《くじゃく》の神獣《しんじゅう》には鼻で笑われた。

『よくある、持てる者の贅沢な憧れだ』と付け足された。

『伴侶がいる者は、どこまでも贅沢で傲慢になるものだな』とも、付け足された。

その当時、この友人には、生涯を誓う相手がいなかったのだ。

白遠は「そう嘆くな」と笑いながら、こっちに向かって体全体で手を振る伴侶の元に向かった。

白遠は、大陸渡来の神獣・麒麟《きりん》の一族で、人間たちには随分とありがたがられている。

一方、彼の伴侶の蓮双《れんそう》は日本生まれの猫又同士の婚姻で生まれた、オスの三毛《みけ》猫という大層珍しい猫又で、タチの悪い妖怪どもには「喰ったら力が強くなる」「強力な術が使えるようになる」と噂されていた。

この頃の日本は人間よりも人外の方が遥に多く、また、人間に悪さを働く人外も多かった。そのお陰で、逆に祭られる者まで出る始末だ。

彼らは人間だけでなく同胞をも傷つけ、手当たり次第喰い散らかしていた。

それらをよしとしなかった神様たちや神獣、人間とは一線を画してのんびり生きていきたい妖怪たちは、「封印組」という組織を作り上げ、悪さをする連中を文字通り〝封印〟していた。

白遠も蓮双も、その封印組に所属していた。

「もちろん、貴様も所属していたな、藍晶《らんしょう》」

「五百年ほど前の話だったか？　そんな昔のことを何度も何度も語るな」

人界で暮らしている人外たちのサポートを行う新界協力機構の所長である、神獣・孔雀の藍晶は、エキゾチックな美しい顔を歪ませた。

「そう邪険にするな。……それとも、若い伴侶に夢中で、久しぶりに訪れた旧友のことはどうでもいいと？」

白遠は、短い白髪をかき上げ、墨色の瞳でじっと藍晶を見つめる。

藍晶はエキゾチックな美貌だが、白遠もまた切れ長の目と高い鼻で無国籍風の美しい容姿を持っていた。

その上冷静沈着。滅多なことでは動じないという胆の太さもあってか、「さすがは麒麟」と麒麟一族の手本のように言われてきた。

喩えぼんやり立っていても、相手が勝手にいい方に誤解してくれるのがありがたい。

稀に人間の前に姿を現すこともあるが、尾ひれの付いた文献のお陰で、とんでもない歓迎振りだった。

白遠の方は、人間にはまったく興味がないが。

「この俺が、いつどこで色ボケしたと？　おい白遠。自分の伴侶が見つからないからって俺に八つ当たりをするな」

「いや……」

白遠は湯飲みをデスクに置くと、首を左右に振った。

「実はな、それこそが私がここにやってきた理由なのだ。蓮双が……見つかった」

白遠はありったけの笑みを浮かべて藍晶を見つめるが、藍晶は微妙な顔で「お前は笑わん方が美形だ」と忠告してきた。

自分は滅多なことでは笑わない性格の上に、笑顔の元であった伴侶が長い間行方不明だったのだ。藍晶の顔が強ばっても仕方がないだろう。ここは友人として大目に見るべきだと、白遠は思った。

「……で？　どこにいたんだ？　欠片か？　それとも人の形をしているのか」

「人の形をしていた。そうだな……ここから地下鉄で一時間ほど離れた場所だ」

「今まで散々捜してきて見つからなかったのに、今頃になって、いきなりそんな近くにいるとはどういうことだ？」

人界では、〝灯台もと暗し〟という諺《ことわざ》があるが、藍晶は「それは本物か？」と疑惑の眼差しを白遠に向ける。

「本物だった。どうして私が、こんな身近を捜さなかったのか、己を罵るほどだ。今まで捜し出した欠片が反応を見せた。偽物であるはずがない」

白遠は胸元に右手を添え、宣言した。

「最後にこの付近を捜したのは……二十年ほど前だったか？　白遠」

「ああそうだ。そろそろこの国を離れてほかに行こうかと思ったが、その前にもう一度〝新界協力機構〟を拠点に捜そうと決めた。人の世界は以前よりもかなり妖怪が紛れるようになったからな。そうしたら……いきなりだ」

「ふむ。だが無登録の人外となるといささか問題だ。人の世で人外生活を送るなら、ちゃんとうちで登録してもらわんと」

疑いの顔からしかめっ面に変わった藍晶の前で、白遠は「そう言うな。人の形をしているとはいえ、欠片だ。完全な妖怪ではない」と言う。

封印組の職に就いていた頃、蓮双はいつも「お前に釣り合うようにならねえとな！」と言って頑張っていた。

世にも珍しい三毛のオスであっても、そういうことを言う者は出てくる。

「猫又は麒麟の伴侶となる妖怪の格ではない」と陰口を叩かれていたが、白遠は「恋に格が存在するものか」と思っていたし、猫又の一族も「言いたいヤツらは言わせておけばよい」というスタンスだった。蓮双の妹の祝湖《しゅうこ》だけは少々物騒で、「私が懲らしめます」と、常に爪を研いでいた。

白遠はいつも「お前はお前のままでいい」と言っていたのに、蓮双は頑張りすぎて殺されてしまった。

彼を殺したのは、刀身の九十九神《つくもがみ》・沙羅鎖《さらさ》だ。

沙羅鎖に刺されて、蓮双の魂は九つに砕け、どこへともなく飛び散った。

それからというもの、白遠はずっと蓮双の魂の欠片を捜し続けている。

「妖怪とも人間とも言えない曖昧な存在になってしまった蓮双を、私以外の誰が見つける？　強い絆があったからこそ、見つけることができたのだ。貴様も知っているだろう？

私と蓮双のなれそめを。今ここで語ってやろうか」

「やめろ。それを話し出したらキリがない。そして俺は、これから昼飯だ。愛する伴侶の手作り弁当なので誰にもやらん」

真顔で言う藍晶に、白遠は小さく笑って「好きにしろ。私は帰る」と席を立つ。

「帰るではなく、蓮双のところへ行ってやれ。そしてさっさとここに連れてこい。俺も久しぶりに蓮双に会って話をしたい」

「これから会いに行く。何百年もかかって集めた欠片の最後の一つだ。九つ揃えば、私の蓮双に戻る。そうしたら霧山の里で二人でのんびりと暮らすつもりだ」

人界は忙しなく、白遠の好みではない。

彼がここに居続けるのは、蓮双を捜したいという思いからだけなのだ。

「では吉報を待とう」

藍晶は大げさに手を振り、白遠は「うむ」と頷いて所長室のドアを開ける。

昼時ともなると相談件数が減るのか、それとも人外たちも気を使って訪れないからか、新界協力機構の職員たちの姿はまったくない。

電話番さえいないのはどういうことだろうかと白遠は首を傾げたが、人外たちは文明の利器を嫌う傾向にあることを思いだして、一人で頷く。

夕方には蓮双という名の〝吉報〟を連れて、再びここを訪れよう。

白遠がそう心に決めた、そのとき。

「失礼します！」

元気な声とともに新界協力機構のドアが開き、来客が中に入ってきた。

焦げ茶色の柔らかそうな髪に、釣り上がった大きな目。声は元気で体も勢いよく部屋の中に入ってきたくせに、どこか臆病に肩を竦める素振りを見せる。

「やっぱり飯時に来たのがまずかったのか……？　藤本《ふじもと》さーん？　あれ？　誰もいやしねえ……っつーか物騒だな。鍵ぐらいかけりゃ……」

そこでようやく彼は、白遠の姿に気づいた。

「なんだ！　ちゃんと職員がいるじゃねえか！　あんまり綺麗だから、俺はてっきり人形かと思った」

「蓮双……？」

白遠は、照れ隠しに笑うがさつな青年にゆっくりと近づいていく。

「はい？」

青年は笑顔で首を傾げる。

その仕草を見た途端、白遠は物凄い勢いで青年に抱きついた。

「ぎゃ――――っ！」

「その姿、その声、その口調！　誰が忘れるものか！　私の蓮双っ！」

「あんたはいったいどこの誰だっ！」

「こんなに強く抱き締めているのに、この私が誰なのか分からないのか？」

「知るかよ！　というか、なんで俺の名前を知ってるんだよっ！」

「名前も変わっていない！　やはり私たちの絆は」

「おい、やめろ」

気がつくと白遠は、眉間に皺を寄せた藍晶に羽交い締めにされ、抱き締めていた青年から引き剥がされた。

「何をする！　離せ藍晶っ！」

「誰が離すかっ！　お前は高貴な身分で、何を下品なことをやってるんだっ！　一族に申し訳ないと思わないのか！」

「黙れ、鳥が！」

「言ったな……この馬！」

「私のどこが馬だと？　鳥っ！」

「体形が似ていて蹄があるんだから、カテゴリーは馬だろうが！　あと俺を鳥で一括りにするなっ！」

「孔雀は鳥だろう？　藍晶。白遠さんも何話してるんですか。……ええと、永友《ながとも》さん。いい年をした大人たちの見苦しい喧嘩を見せてしまって申し訳ない」

神獣たちの口喧嘩に突っ込みを入れたのは、新界協力機構唯一の人間である藤本康太《こうた》だった。

ここの職員になったばかりの頃は、雑用のために術で動く式神たちを目撃しては驚いていたが、紆余曲折の末に藍晶の伴侶となった今は、随分と度胸がついたようだ。

スーツ姿で、両手にスナック菓子の入った激安スーパーのビニール袋を持った康太は、

「彼のことは俺が今から説明します」と場を仕切る。

「……だそうだ、白遠。大人しくしろ」

ようやく体が自由になった白遠は、きびすを返して所長室に向かった。

藍晶は最初「俺の部屋かよ」とため息をついたが、仕方がないと白遠のあとに続く。

「そういうことだから、もう少し待っていてくれるかな？　永友さん」

康太の言葉に、蓮双は首を左右に振った。

「なんというか……これは……俺が話をしなくちゃいけないような気がする」

「あー…………」

康太は言い返せずに、ちょっと困った笑みを浮かべて、蓮双と一緒に所長室に入った。

藍晶は所長用の椅子、白遠はその向かいにある来客用の椅子。蓮双は急遽用意されたパイプ椅子に腰掛け、康太はみんなのために茶と菓子を用意した。

どうして自分がここにいるのか、永友蓮双は未だ信じられない。

確か自分は、母の〝仕事〟に必要な塩を買いに出たはずなのに、気がついたら、この〝事務所〟が入っているビルの前をうろついていた。

ここに来なければいけないような気がしたのだ。しかし、どうしてなのか理由が思いつかなかった。「取りあえず来たくて」という理由は、この物騒な昨今通じない。

心の中にもやもやしたものを抱えつつ、足取りも重く歩いていた蓮双に声をかけてくれたのが康太だった。

「一見、普通の人間に見えた。でも……何かが違うと思ったんだ。何が違うのかと問われても、ちょっと説明できないんだけどさ。だから気になって声をかけた」

康太はそう言って、蓮双に微笑みかける。

自分より年上だろうに、蓮双を名字の「永友さん」と呼んでくれた。きっと困っている人を見ると手を差し伸べたくなるタイプなのだろう。

今の台詞には何かちょっと引っかかるものがあるが。

「ええと、その……俺が普通の人間じゃないってのは否定しません。確かにそうです。けど、人間には変わりない。藤本さんだって、なんかおめでたいキラキラしたものを体にいっぱい付けてるけど、人間だろう？」

問われた康太は「おめでたいキラキラ」のくだりで頬を染め、照れ隠しのように笑う。

「俺は子供の頃からそういうのが見える……って言うと、痛いヤツって思われて引かれるんだけど……ここじゃそういうのないよな？　だって、そっちのオジサンたち、滅茶苦茶キラキラ光って、清々しい感じがする。人間じゃない清々しさだ。今までいろんなモンを見たけど、こんなに綺麗で格が高いのは初めてだ」

自分がオジサンと呼んだスーツ姿の二人の男のうち、髪の白い方は両手で顔を覆って低く呻いた。黒髪の方は眉間に皺が寄っている。

それを、康太が「若い子から見たら俺だってオジサンだから」と慰めた。

「あー……もしかして……『そっちの人』って言った方がよかったのか？　ごめん。今度から気を付ける」

蓮双はぺこりと頭を下げる。

物心ついたときからいろんなものが見えた。

そういうものが見えて当たり前だと思っていた。だから幼稚園で「れんちゃんのうそつき」と友だちにからかわれても意味が分からなかった。

母に「これは母さんと蓮双の二人だけの秘密」と笑顔で言われてからは、ずっと秘密を守ってきた。

自分以外の人間に〝何が見えていて何が見えていないのか〟の区別の仕方は母から習った。「影がないものが見えるのは母さんと蓮双だけ」と教えてくれた。曇りのときはどうするんだよと文句を言った覚えがあるが、その前に目が慣れた。

母からは他にもいろいろなことを習った。

人間と人外の見分け方。

良いものと悪いものの見分け方。

決して近づいてはいけないものの見分け方、などだ。

「橘《たちばな》家って知ってるか？　元々有名な霊能力者の一族で、何年か前にそこの直系の息子が狐の嫁をもらったと有名になった。俺の母さん、そこで修行してたんだ」

「橘に関わりがあったのか。やはりこれも一つの縁だな。……ところで、俺を覚えているか？　蓮双」

藍晶は「俺は結婚式にも行ったんだぞ」と胸を張る。

「いや、俺はあなたとは初対面だ。そんな綺麗な顔を見ていたら忘れるはずないだろ。な？　藤本さん」

蓮双は立ったまま話を聞いていた康太に話を振る。

康太は「まったくだ」と頷いた。

「あー……俺は藍晶と言うんだが」

「ですから、初めて聞く名前です。オジサン呼びしてすみませんでした、藍晶さん」

すると藍晶は、気まずそうな顔で白髪の美形に視線を向ける。

「何も……覚えていないと？　この私を忘れたというのか？　蓮双」

新雪のような白髪と、墨のような黒い目を持つ端整な男が、悲しげな表情を浮かべて蓮双を見た。

初対面の相手に、そんな表情をされるいわれはない。

抱き締められた腕は力強くて温かかったけれど、それだけだ。

この男と自分は初対面で、なんの思い出もない。

なのに。

じっと見つめられていると、胸の奥がざわついて罪悪感がこみ上げてくる。

「白遠だ。私の名は白遠だよ……。それでも何も思い出さないか？　蓮双」

「思い出すも何も……初対面だ」

そう言うと、自分以外の全員が顔を見合わせ、なんとも言えない妙な雰囲気を作る。

蓮双はそれに苛立ちを覚えた。

「なんで俺の名を知っているのか教えてくれ。どこかで調べたのか？　あと、この事務所でみんな一体何をしてるんだよ。妖怪の匂いがいっぱいする」

ここに来なければならないという胸騒ぎは、今は激しい苛立ちと疑問に取って代わった。

蓮双は腕を組み、「早く答えろ」とみなを急かす。

何か言おうと口を開いた康太を手で制し、藍晶が代わりに口を開く。

「この〝新界協力機構〟は、人間の世界で暮らしている、またはこれから暮らそうとしている人外たちのサポートセンターだ。職員は一人を除いて全員妖怪で、それを束ねている俺は神獣・孔雀、康太は俺の嫁、そして白遠は麒麟だ。…………お前なら、当然、信じるな？」

これを、蓮双以外の誰かが聞いたら「人をバカにして」と怒って出て行っただろう。

だが藍晶の言う通り、蓮双は違った。

彼らが発している清々しい輝きに嘘は見えない。母から習った人間と妖怪の見分け方が、今まさしく役に立つ。

藍晶と白遠は、人間ではない。

「神獣が……人間の恰好をして……人間の世界で暮らしてるってことか」

「そうだ」

「ただ、えっと……藤本さんが『俺の嫁』ってどういうこと？」

藍晶は胸を張り「俺の伴侶だ」と言い換える。

蓮双は何度も康太と藍晶を交互に見てから「今の世の中、そういうのもありか」と納得したように頷く。

「俺たちのことはどうでもいい。いや、毎日楽しく幸せな日々を送りたいと願っているからどうでもいいことではないが、今はお前たちの関係の方が話の主題だ」

どうあっても、自分たちの仲の良さをアピールしたいのか、この孔雀さんは。

蓮双は、藍晶に「言い方がくどいぞ」と、顔を赤くして突っ込みを入れている康太を見つめてそう思った。

「それで、だ。ここにいる白遠と……そして蓮双は、生涯を共にすると誓い合った間柄だった。蓮双は、〝大切な儀式〟の途中にそいつに襲われ、封印しようとして逆に殺され、その魂は九つに飛び散った」

「…………八つでなく？」

「八つは犬だろうが……あれは物語だがな。……猫は九つ。そして蓮双は世にも珍しいオスの三毛猫の猫又だ」

蓮双の目が見開かれる。

思わず「それって俺？」と自分を指さすと、神獣二人が深く頷いた。

康太は「へえー、話には聞いてたけど、彼がそうだったんだ」と一人で感心している。

待て。ちょっと待て……と、蓮双は渇く喉をお茶で潤しながら、深呼吸をした。

「つまり俺は、前世が猫又で、しかも麒麟とつき合っていたと？　そういうことか？」

「前世来世は人間に任せておけ。私たちにそういうものは関係ないんだ、蓮双」

今まで黙っていた白遠は、言いながら首元を緩め、ペンダントを引っ張り出す。

デスクの上に置かれたペンダントヘッドは、薬を入れる小さなビンのようになっていて、中には何かの欠片が入っていた。

欠片は白銀から黄色、そしてオレンジ色へと変化しながら輝いている。不思議な色合いだが、どこか懐かしくてずっと見ていたい気持ちにさせられた。心の奥が暖かくなって、そのあと、なぜがぎゅっと握り潰されるような痛みを感じた。

「綺麗だな……」

囁くような感想と共に、蓮双の目から涙が溢れる。

「え？　あれ？　なんで？」

慌てて両手で拭うが、涙は止まらない。

悲しいとか苦しいとか、負の感情は湧いていない。ただただ、懐かしい。

懐かしすぎて、逆に不安になる。懐かしがる意味が分からない。

「残った魂が、お前の帰りを待っている」

またしても蓮双は、いきなり白遠に抱き締められた。

「何すんだ……っ！」

「愛しい伴侶が泣いていたら、慰めるのが当然だ」

「だから、俺にも分かるように話せよっ！　なんだよちくしょう！　人前で泣くなんて恥ずかしいっ！　高そうなスーツに鼻水がついても知らねえぞっ！」

蓮双は白遠の腕の中で文句を言ってから、盛大にため息をつく。

「なあ」

「なんだい？」

「俺は実は猫又で、魂が九つに弾けて、そんで前世とか関係ないって言うなら……今の俺は一体なんなんだ？」

「魂の最後の欠片だ。すべて揃うと本来のお前になる。……つまり、蓮双その者の外見であるお前が欠片を体に取り込めば、問題は解決される。私たちは再び共に暮らせるのだ、蓮双。これほど嬉しいことはない」

白遠は嬉しそうに語るが、蓮双は何やら納得がいかない。

彼の話だと、自分は蓮双であったものの欠片で〝本来の蓮双〟ではない。だから合体して元の形に戻れということだ。

今までこの世界で暮らしてきた蓮双にとって、この世界がすべて。別の誰かになって違う世界へ行くなんて思ったこともない。

目の前にいる男たちが人外であるのは分かるが、だからといって、出会って一時間も経たないうちに「分かりました。欠片の一部としての責任をまっとうします。合体しましょう」と頷けるわけがなかった。

「つまり、今の俺の記憶は消えてなくなるということか？　今までの二十年間が」

「人として暮らした記憶が残るか消えるか、それは私には分からない」

ちょっと待てキリン！

心地いい声で随分と適当なことを言うじゃないか。

蓮双は強引に白遠の腕の中から抜け出し、両手で顔を擦ってから睨み付ける。

「そういう曖昧な話には乗らない。いくら相手が神獣だとしても、いやむしろ神獣だからこそ、崇められてばかりで人間のことなんか少しも分かんないだろ？」

「確かに私は神獣、瑞獣《ずいじゅう》としてもてはやされているが、だからといって人間を知らないわけではない。人界に住む以上、人間のことは知っておかねばならない。たいして興味はなかったので面倒だが」

蓮双の涙と鼻水がついたスーツのまま、白遠は胸を張った。

「そもそも俺は、あんたのことも猫又の自分の記憶もないんだ。だから、人間として一生を終えます。魂の欠片をどうにかしたかったら、俺が死んだあとにしてくれ。神獣ならそこらへんは融通利くだろ?」

恋人の魂の欠片を集め続けて元通りにしようと頑張っているのは、ロマンティックだし、愛の深さを感じる。それはそれで素晴らしいことだと思う。蓮双も、自分が関わらなければ「頑張ってください」と応援したい。

ただ、自分が関わるとなると話は別だ。人とはそういうモノなのだから。

白遠は何も言わずに、困惑した顔で沈黙した。

「おいお前ら、今のままじゃ話が進まん。とにかく、メールなり電話番号なりを交換して、それで一旦終わらせておけ」

早く弁当を食べたい藍晶は、白遠に「融通の利かん石頭め」と付け足す。

「俺もそれがいいと思う。永友さん、俺ともメール交換してくださいね」

康太はスーツのポケットからスマートフォンを取り出し、蓮双も「あ、はい」とつられてスマートフォンを取り出した。

白遠に自分の個人情報を教えるつもりはなかったが、それでも、なんだろう。彼の顔をじっと見ていると自分が意地の悪い人間に思えて罪悪感に駆られる。これが麒麟のなせる業なのか、それとも他に何か理由があるのだろうか。

蓮双は「仕方ない」と前置きをして、白遠とも個人情報の交換をする。と言っても電話番号とメールアドレスの交換だけだが。

「これで……もう、お前の家に訪問してもいいということか」

「え」

「せめて、この事態をお前の保護者に伝えたい」

「あのな！」

「橘家で修行したお前の母ならば、私が事情を説明しても動じないはずだ」

「それは……そう、かも……？」

冷静で、声のトーンはとても優しい。神獣というのは聞いていて心地よい美声の持ち主なのだろうと、二人の神獣の声を聞いた蓮双は勝手に納得する。

……が、その声が悪い。つい「分かった」と頷いてしまいそうになるのだ。

「待て待て待て、流されるな俺」

今朝からの胸騒ぎの理由が〝これ〟ならば、蓮双はもっと慎重に行動したかった。

なのに孔雀が「橋に関わりがある人間なら、問題ないだろう」と後押しをする。

この鳥め……っ！

蓮双は心の中で神獣を「鳥」と罵った。

「今のままだと話がこんがらがりそうだし、突っ込み要員が足りない。もし白遠が永友さんの家を訪問するなら、そのときは俺もついていく。永友さんに声をかけてここを教えたのは俺なんだ」

蓮双は康太が、殺伐とした岩山の隙間で可憐に咲く一輪の花に見えた。本当にありがたい申し出だ。

「あ、あの……藤本さん。俺のことは蓮双と呼び捨てで構わないんで」

「そっか。だったら俺のことも康太と呼び捨てにしてくれ」

「いやいや。康太さんは俺より年上だろ？　年上を呼び捨てにはできない。康太さんって呼ばせてください。な？　それでいいよな？」

微笑みながら頷く康太の横で、白遠が「善は急げと言うだろう？　今から行く」と宣言した。

「おい、そこの馬。少しは口を閉じていろ」

藍晶がうんざりした顔で白遠に言う。

「黙れ、鳥。今の私に余裕などこれっぽっちもない。ようやく見つけた最後のひと欠片なんだ。とにかく私は、二度と蓮双から離れない。絶対にだ……っ！」

白遠はデスクに置いたペンダントを掴み、蓮双に見せつけた。

神獣っていうものは、もっとこう……神々しくて何かを超越したり卓越していたりする存在じゃないのだろうか。こんなふうに、〝人間のように〟焦るものなのか？

蓮双は、悔しそうにじっと自分を見つめる白遠を見つめ返し、実に人間くさい態度をとる神獣だなと思った。

それと同時に、神獣にここまで大事に思われている猫又を羨ましいとも思う。

「俺は……何もかもを信じたわけじゃない。神獣の本体を見たわけじゃないし。胡散くさいことこの上ない。けど、そのペンダントは、俺の気持ちをどこまでも乱す。だから……」

蓮双の言葉が終わる前に、二人の神獣は「姿を見せよう」と本体を露わにした。

一瞬の輝きののち、そこには紺碧の羽根と豪奢な飾り羽根を持った孔雀と、白銀に輝く麒麟が現れた。

なんだよこれ眩しいっ！　神獣なんて初めて見たっ！

今まで見たことのある人外の中で最高の存在を目の当たりにし、興奮した蓮双がやることは一つしかなかった。

スマートフォンを神獣たちに向け、無言で写真を撮りまくる。

神獣たちもまんざらではないようで、スマートフォンを向けた瞬間にポーズを取った。

「俺は、どこにどう突っ込みを入れればいいのかな」

康太が生温かな笑みを浮かべ、求愛のポーズで尾羽を広げてみせる孔雀の、頭飾りを指で弾く。

「カメラを向けられれば、やはりそれなりのポーズを取ってやりたいじゃないか」

瞬きをする間に孔雀から人間へと変化した藍晶は、同じく人間に変化した白遠に同意を求めた。

「そうだな」と白遠も、ペンダントを首にぶら下げて真顔で頷く。

蓮双はギャラリー画面にしっかりと神獣たちが保管されていることを確認した。

「こうして本体も現したことだし、次はお前の家に行く番だ。そして親御と話し合って、蓮双の記憶を取り戻す作業に取りかかりたい」

「あんた、俺の話をこれっぽっちも聞いてねえだろ！」

「ここで言い争っても埒があかない。私には、お前の親御と話す必要があるのだ」

白遠はそれが当然だと言う顔で、所長室を出る。

「お、おいっ！　住所とか分かってんのか？　もう調べてるのか？　どうなってんだよ！　勝手に行くな！」

蓮双は慌てて彼を追いかける。

「ああもう。本当に神獣ってのは我が儘だよな」

康太は困った顔で笑い、藍晶に「行ってきます」と言って彼らのあとを追った。


神獣だからって何をしてもいいと思っているのだろうか。

そもそも、蓮双の家の住所を知っているというのはどういうことか。もしかして、今日あの事務所で出会ったのは偶然ではなかったのか。

蓮双は頭の中を疑問符だらけにして、前を行く白遠の腕をようやく掴んだ。

「手を繋ぎたいのか？　構わんぞ」

「ただでさえ目立つヤツと手を繋いで歩けるかよ」

白髪に長身というところで、まず通りすがりの人々は驚く。

かくしゃくとした老人だと思っていた者は、彼が若く端整なのに驚く。

一部の者は「なんかのコスプレ？」と注目する。

「立ってるだけで目立つ男と一緒だと注目されて恥ずかしいだろ。勘弁してくれ」

「そうか……では仕方がないな。少々距離を置こう」

白遠は目を細めて優しく笑った。

だから！　そんな顔でそんなことを言われると物凄い罪悪感なんだって！

蓮双は「今のは、俺が悪かった」とそっぽを向いて謝り、「裏通りから行こう」と誘う。

そこに、康太が息を切らしながら走って来た。

「心配だから……その、一緒に行ってもいいかな？」

天の助けだ、いやこの人はきっと天使だ。

白遠と二人きりでは何を話していいのか分からない蓮双は、康太の登場に安堵の息をつく。

「よろしくお願いします」

蓮双は、母に「買ってこい」と頼まれていた塩のことをすっかり忘れていた。

新界協力機構から、地下鉄を乗り継いで一時間。

偶然うろうろしていましたと言うには、場所が離れすぎていると、蓮双は改めて思った。やはり自分は、あの雑居ビルの〝不思議な事務所〟に行かなければならなかったのだ。朝からの胸騒ぎの理由はそれなのだ。

だがそれを言っても白遠が「運命だ」「魂が引き合った」とか浮かれたことを言い出すだろうから黙っていた。

蓮双の家は、大通りから一本奥に入った裏通りの住宅街にあった。

こぢんまりとした純和風の二階建て家屋に、小さいが手入れされた庭。

ここは蓮双の祖母が建てた家で、蓮双とその母が住み始めたのは十日ほど前からだ。玄関の引き戸を開けたところで、白遠や康太のために「俺もぶつけまくったんだ。なにぶん、昔の作りだから鴨居に頭をぶつけないよう気を付けてくれ」と注意する。

「母さん、お客さん！」

蓮双は廊下の奥に向かって大声を出すと、スニーカーを脱いだ。

「あらー、随分遠くまで塩を買いに……」

着物姿でニコニコしながら玄関にやってきた初老の女性は、白遠を見た瞬間にその場に崩れるように正座する。

「蓮双……あなたはどこで、この方と出会ったのかしら？　母さんビックリして腰が抜けちゃったわ」

「やっぱ……分かるんだ」

「当たり前でしょ。母さんの仕事はなんだと思ってるの。このバカ息子」

蓮双は叱られて首を竦めるが、彼女はゆっくりと立ち上がった。

「……いつか、こんな日が来るのを待っていました。さあ中へどうぞ」

彼女はそう言って、白遠と康太を中に招く。

なんでそんなことを言うのだろう。「いつかこんな日」って、意味が分からない。

蓮双は、母と一緒に居間へと向かう白遠を横目で追い、しかめっ面をした。


「単刀直入に言ってしまいますね。察しているかもしれませんが、蓮双は私の実の子供ではありません」

畳敷きにカーペットとソファセットという古き良き時代の和洋折衷の居間に通され、レースのカバーが掛かったソファに腰掛けていた康太は飲んでいた茶を噴く。

自己紹介を終えたあとの台詞にしては、衝撃的だった。

「あ、す、すみませんっ……ちょっと、展開が急すぎて、俺っ」

咳き込みながらハンカチで口を拭う康太の隣で、当然と言うかやはりというか、白遠は冷静なままだ。

「あなたは……蓮双を取り戻しに来たのでしょう？」

「母さん、何言ってんだよっ！　今日会ったばかりの人……じゃねえ！　麒麟に何言ってんだよっ！」

高校の入学試験が終わったあとに、「実の親子ではない」と言われた。

衝撃的な事実ではあったが、血の繋がりなんてどうでもいいほど、母と蓮双は〝親子〟だった。母が傍にいて支えてくれなければ、蓮双は、見えないものと見えるものの区別が付かずに、人として生きていけなかっただろうと思っている。

だからこそ、「俺と母さんは、きっととんでもない縁で結ばれてるんだね」と笑顔で答えられたのだ。

まさかその〝縁〟が白遠まで続いているとは思わなかったが。

「蓮双。初めてお前と出会ったときのことを、母さんは話してあげたわよね？　覚えてる？」

母が穏やかな表情で蓮双を見つめる。

「あ、ああ。あれだろ……？」

蓮双は何度も頷き、話し始めた。

真夏の夜中。

〝仕事〟を終えた母は、満月が外灯のように明るい中を家路に向かっていた。

ふと気がつくと、彼女の前に一匹の猫がいた。

最近では珍しいハッキリとした三毛柄の、尻尾の長い猫が、彼女を見上げて一声鳴いた。

まるで「こっちにこい」と言っているように。

目の前の猫を一目見て、この世の者でないと分かった彼女だったが、つい、足が猫に向いた。

月明かりの下、猫は彼女を伴って歩き出す。そして、近所の神社の茂みに入った。

彼女は「蚊に刺されたらいやだわ」と思いつつも、猫が「こっちに来い」と言うので仕方なく茂みに入ると、そこには、生まれたばかりの赤ん坊がいた。赤ん坊を包んでいる布は白い絹で、銀糸で豪華な刺繍が施してある。柔らかな茶色の髪に桃色の頬。眠っているあどけない姿に、彼女の頬が思わず緩む。

しかし、身に着けているもので、一目で〝訳ありの赤ん坊〟だと分かった。

あの猫は、この子を助けようと私を呼んだのか……と思ったそのとき、赤子が目を開き、彼女を見た。

琥珀色の綺麗な目を持った赤ん坊は、にっこりと笑って再び目を閉じた。傍らにいた猫は「気がついたらここまで流れ着いてしまった。申し訳ないが俺を育ててくれ」と言った。

「母さんの前に現れた猫が、捨てられた俺の〝命の恩人〟でしたってヤツだろ？　俺はこれっぽっちも覚えてないけどな」

「まあね、物の怪《け》の子を育てる人間の話っていうのは、昔からあるし、母さんはこういう仕事だし、驚く方がバカだし、養子縁組して、お前が二十歳になるまで頑張って育ててやったのよねぇ～」

思い出話のように語るが、どこかよそよそしさを感じるのは気のせいだろうか。

白遠と出会ったことで、自分が勝手にそう感じてしまうのか、蓮双は気分が悪くなった。

「俺は、これからも母さんの子供だし！」

「でも、子供は巣立っていくものでしょ？」

蓮双は「そうですけど……っ」と、言い返せない。

「あなたを養うと決めたときに、まず母さん……あなたのお祖母ちゃんに相談したの。母さんは『未婚の母かい？』って頭を抱えたけど、これは絶対に何か大事な縁だからって、賛成してくれた。橘の師匠も賛成してくれた。きっと、この家に引っ越してきたのも縁なのよねえ」

一人で頷きながら語る母に、康太が声をかける。

「引っ越してきた？　以前はどちらにお住まいでした？」

「フリーで仕事をするとなると、あまり一つところに身を置くと災難が降りかかって大変だよと師匠に言われてたから、数年置きに、北に行ったり南に行ったり。どこに行くにも、私と蓮双は一緒だった。そして……一ヶ月前に私の母が亡くなって、葬儀やらお墓やらいろんな手続きを終えて、ここに引っ越してきたのが十日前なのよ」

「そっか！　ただでさえ欠片という不安定な物体が、数年おきに移動していたら、そりゃあ白遠さんでも捜し出せませんよ。それに、ここ十年ほどは捜しに行く気力さえなくてずっとため息ばかりだったのでしょ？」

最後の台詞は白遠へ向けてのものだったが、当の白遠は「なぜそれを！」と頬を引きつらせた。

康太は「藍晶から聞きました」と微笑むと、白遠は「あの鳥め」と悪態をつく。

「まあ紆余曲折あって、今日という日を迎えたってことね。蓮双、麒麟さんはあなたの大事なものを持っているわ。琥珀色に輝く……あなたを本来のあなたたらしめる大事な……」

すぐにピンときた。

白遠がペンダントにして持っていた、〝蓮双の欠片〟とか言うヤツだ。

「いやちょっと待って。息子をいきなり放り出さないで！　今日会ったばっかで、この麒麟に『お前は私の伴侶』とか言われた俺の身にもなってくれよっ！　彼女ができる前に彼氏ができても嬉しくないってっ！」

ここはハッキリ言っておかなくてはと、蓮双は力説する。

「あのすみません。俺も、こういう心の問題は時間をかけて取り組んだ方がいいと思います。急《せ》いては事をし損ずると言いますし」

蓮双は、康太の素晴らしい援護射撃に「うんうん」と深く頷いたあと、気が抜けたのか腹の虫を鳴らした。


お口に合いますかどうか……と母が用意したのは、玄米のおにぎりと卵焼き、キュウリとニンジンのぬか漬け、豆腐とワカメの味噌汁だった。

「これは嬉しい」

意外にも白遠はぬか漬けを見て喜ぶ。

康太など「挑戦したくてもなかなかできないんだよな……」と、ぬか漬けを味わいながら悩んでいた。

「ぬか床を分けてあげましょうか？　藤本さん」

「え！　それは嬉しいですけど……ぬか漬けは好きですが、俺はぬか床の世話したことがなくて」

「最初から大きなぬか床はねー。だから、弁当箱ぐらいの大きさの入れ物から始めるといいですよ。冷蔵庫にも入れられるし」

「なるほど！　それなら俺にも世話ができる。是非とも分けてください！」

一体なんの話をしに来たのかを忘れたように、康太は嬉しそうに頷いた。

白遠は無言で、しかし旨そうに、目の前に差し出された料理を平らげていく。美形だし神獣だし小食だろうと勝手に思っていた蓮双は、いい食べっぷりの白遠を見て思わず「そんなに腹が減ってたのか？」と尋ねた。

「ああ。お前に会えて気が抜けた途端、腹が減った。それにこの料理はみな旨い」

そして白遠は「おかわりをいただきたい」と、空の汁椀を差し出す。

「あら嬉しいわ。あとで一緒に写真を撮らせてくださいね！　橘の師匠に『麒麟が来たんです』って自慢しますから」

母は喜んでおかわりを盛り、白遠は軽く頷きながら二杯目を口にする。

端から見たら、和やかな食事風景だ。

蓮双の将来がかかっている訪問だということを、忘れそうになる。

「ところで……」

白遠が最後のぬか漬けを名残惜しそうに食べてから、蓮双の母を見つめた。

「はい」

「なぜ彼に、〝蓮双〟という名を？」

「ああ……ここに、書いてありましたから。きっと大事なものなんだろうと思って、それを名前にしました」

彼女は額を指さし、「私にしか見えませんでしたけど」と付け足す。

「そうか。……蓮双は私に捜してほしくて、名前も変えずにいてくれたのか。ありがとう」

白遠の感謝の声が、微妙に気まずい。

そう思うのは蓮双だけなのか、康太は「ごちそうさまでした」と笑みを浮かべる。

「俺は……どこにも行かない。永友家の人間だ。本当に申し訳ないが、あんたの知ってる蓮双と俺は別人だ。少なくとも、俺に俺という自我がある限り、別人だ」

蓮双の強気な口調に、白遠は「ああ」と頷く。

「だから、俺の記憶がどうなるか分からない〝俺の欠片〟は飲めない。俺は二十年間の記憶をなくしたくない。いろんな学校やたくさんの友だちとの思い出がある。修学旅行に行けて幸運だったとか、仲のいい友だちと卒業旅行に行けたとか、母さんとの思い出、どれか一つでもなくしたくない。あんたにとっては大した時間じゃないと思うけどな。人間にとっては大事な二十年間なんだ」

何度でも言ってやろうじゃないかという意気込みで、蓮双は白遠をキッと睨み付ける。

「お前がただの欠片でも蓮双を模した器でもないことは、今日出会ったときに分かった。人間として暮らした二十年間が大事なのだということも分かった。私には瞬きをする程度の時間でしかないが、時の感覚と考え方は神獣故《ゆえ》許してほしい」

腰は低いがどこか傲慢なのは、神獣だからだと、蓮双はそう解釈した。

「……だがなんというか、この状況で私は浮かれている。お前の声も表情も、本当に蓮双と同じで……とても懐かしい。久しぶりに蓮双に叱られた気分だ」

申し訳なさそうに微笑まれて、蓮双の罪悪感が爆発しそうだ。

「な、なあ……。あんたの蓮双は、本当に……俺と同じ顔をしているのか？」

「ああ。何から何までそっくりだ」

「あの……」

ゆっくりと頷く白遠に、母が声をかけた。

「差し支えなければ……あなたの蓮双が欠片になったいきさつを、ここで教えていただけませんか？」

蓮双はもう聞いている。

自分が砕け散った話は何度も聞きたくない。母の頼みであっても。

「母さん、そういう話は、ちょっと……」

「何を言っているの？　お前に関わる大事な話なんだから聞かせてもらわなくちゃ」

「私と蓮双は……」

白遠は感情を隠し、努めて冷静に話し始めた。

「人間や人外に害をなす、たちの悪い妖怪を封じ込めるための〝封印組〟という組織に入っていた。だが彼は封印に失敗しただけでなく、攻撃を受けて砕けてしまった。私が来るのを待っていればよかったものを、あんな大事なときでさえ『白遠に頼ってばかりはいられない』と言っていたそうだ。私は蓮双が砕けるのを見た。蓮双を砕いてから、笑いながら逃げていく妖怪も見た。あいつはもう、消滅させる」

白遠が自分の両手に視線を移し、握り締める。

声は淡々としていたが、悔しそうに握り締める拳の強さは蓮双に伝わってきた。

「幸いなのは、蓮双は砕けはしたが消滅はしなかったこと。世にも珍しいオス三毛の猫又だからだろうか。本来なら、砕けた段階で消滅する」

「……ところで、猫又の蓮双を砕いた妖怪は、その後どうなったのか分かります？」

彼女の問いかけに、白遠は首を左右に振る。

「神獣なのに見つけられないのか？」

蓮双の問いに、白遠はため息をつく。

「神獣に何を求める。神獣とはいえ、作り出されたものである限り万能ではない。それに、もし私が万能であったなら、蓮双は砕けずに済んだ」

もしかしてこれは愚問というものだったのか。

蓮双はバツが悪くなって俯く。

「神獣も、結構ドジ踏みますよ。うちの所長も、よく『悪党の浅知恵にしてやられた！』って怒ってるし。妖怪退治ってことなら、やっぱ睚眦《ヤーズ》の方が向いてるし」

ヤーズとは何かと首を傾げたところで、母が「黄龍《こうりゅう》の息子の中でもっとも好戦的な龍よ」と教えてくれた。

「俺も最初は、神獣って言うからどれだけ凄いんだと思っていたけれど、そんな特別なことはない。怒るし、腹も減るし、笑いもすれば泣きもする。子供みたいな我が儘も言うし、拗ねたりもする。孔雀の最近のお気に入りはおはぎで、旨くて嬉しいといきなり鳥になるうかつなところもある。だから、〝特別枠〟に入れなくてもいいぞ？　幻滅するから」

康太の笑いながらの言葉に、白遠の表情がどんどん強ばってくる。

「藍晶はそんな阿呆だったか？　康太」

「仕事はちゃんとしてくれますから、私生活は仕方なしと」

「ここで惚気《のろけ》を聞かされるとは。まあ、仲がいいに越したことはないが」

白遠は小さく笑って、康太の頭を子供にするように撫でた。

「話がズレたんだけど麒麟さん。あんたの蓮双を殺した妖怪は、つまり、未だ世の中に潜伏しているというわけか？」

蓮双が真顔で尋ねる。

「ああ」

白遠の返事に、蓮双を押しのけて母が口を開いた。

「蓮双が再び襲われる可能性はあるんですか？」

「……アレは『オス三毛の猫又を喰らえば力が強くなる』という迷信を信じている。蓮双と再会することがあったら、おそらく」

はい、俺は喰われる可能性が大ということですね、神獣さん。

蓮双は心の中で結論を出し、冷や汗を垂らした。

「けどな、俺だってただ喰われるようなことにはならない。修行中の身とはいえ、俺だって霊能力者の一人だ」

「これ」

偉そうに言い切った蓮双の頭を母が思いきり叩く。

「簡単なことのように言うんじゃないよ。お前に結界が張れるかい？　手助けしてくれる人外を呼べるかい？　封じる力がない人間が人外に挑むと喰われて終わりだよ。私はそういう人間を大勢見てきた。体の一部を喰われるだけなら不幸中の幸いだ。心を喰われたら後戻りはできない。母さんは、お前をそんな酷い目に遭わせたくない」

しんと静まりかえった部屋の中、白遠が「橘」と言った。

「ひとまず、一人前の能力者として働けるようになるまで、橘家に預けるのがいいだろう。自衛もろくにできない能力者は餌にしかならん。だがあの屋敷ならば安全だ」

白遠の提案に、康太も「それがいい」と頷く。

蓮双も、「白遠の言い方は腹が立つが、母親を悲しませるくらいならその方が……」と、納得しかけた。

が。

「蓮双は麒麟さんに守っていただかなくては、私が困ります」

「は……？」

白遠は美形にあるまじき間抜けな顔で、蓮双の母を見る。

「蓮双は、私が大事に大事に育て上げたのですから、ここから先はあなたが大事に大事に守ってください」

当事者を無視して勝手に話を進めないでくれ！　母さんっ！

蓮双は目を丸くして、母親に「それはないそれは」と首を左右に振った。

「麒麟さんは、正直どうしたいんですか？」

言われた白遠は神妙な顔で俯き、そして、両手の拳を固めて顔を上げる。

「そう言っていただけると……とても嬉しい。今度こそ、私は蓮双を守りたい」

「え？　おいっ！　ちょっと一体なんだよ！　康太さんもなんとか言ってくれよ！」

高貴な人外と母親が、勝手に話を進めている。

蓮双は最後の砦とばかりに康太に話を振ったが、彼はあっさりと「餅は餅屋。人外のことは人外に任せるのが一番だ」と言った。

「俺と麒麟が出会えたからって、俺と悪い妖怪まで出会えるとは限らないだろっ！　俺の意見は無視ですかー」

「何言ってんの、バカ息子。縁というのは良くも悪くも繋がっているものなのよ？　麒麟さんとの良い縁が繋がると同時に、悪い縁も引き寄せられてくる。そういう、ある意味平等なものなのね。いやな平等だけど」

母が言うとそこで納得してしまう自分が悔しい。

それでも蓮双は「ただ守られるのは性に合わない」と文句を言う。

「ならば……私が教えよう。神獣・麒麟に、人外の封じ方を指導されるのだ。これ以上の教師はおるまい」

それはまた、願ってもない先生ではありますが……っ！

橘家や母と同じ職に就きたいと願うなら最高の申し出だ。しかし蓮双は、まだ素直に頷けないでいた。

「その、人外を相手にするなら……睚眦が一番だって、話は？」

「睚眦は嫁が大好きで霧山の里で仲睦まじく暮らしている。人界にはやってこない」

「だったら俺がその霧山ってところに行く」

「霧山は、あれはなかなか難しい場所だ。神々に承認されなければ入ることはまかり成らん」

それは正論だが、もし蓮双が「白遠の縁者です」と言えばすんなり入れるだろうということも分かる。しかし、それをしてしまうと今度は「欠片を飲む飲まない」の話に発展してしまう。

それはしばらく保留……というか一生保留にしてほしい話題だ。

「分かった。俺は麒麟のところで修行する。…………これでいいんだろ？」

「お前はまるで子供だな」

それでも白遠は、嬉しそうに目を細める。

「そうと決まったら、俺は一足先に職場に戻る。藍晶が待っているだろうから。昼食をありがとうございました。何かありましたら、いつでも名刺の電話番号に連絡してください。それでは失礼します」

康太は蓮双の母に深々と頭を下げ、永友家から出て行った。

「あの、麒麟さん」

身の回りのものを詰めたボストンバッグを置いて靴を履いていた蓮双の横で、母が手にした風呂敷包みを白遠に手渡した。

「これは……」

白遠は受け取った段階で何か分かったようだ。風呂敷の包みの中には、たとう紙に包まれた着物があった。

正絹に銀糸で刺繍が施された着物。蓮双も一度見たことがある。

母が「お前はこれにくるまっていたのよ」と見せてくれたのだ。和物に疎い自分でも分かるほどの、美しく素晴らしい着物だ。

白遠は母に深々と頭を下げると、着物をそっと抱き締め、そこに顔を埋める。

彼はしばらく顔を上げず、着物を優しく抱き続けた。

「これは、私がお前に贈った着物だ。欠片と共に弾けてしまったと思っていた。こんなところで出会えるとは……」

よほど嬉しかったのか、白遠は神獣なのに何度も「ありがとう」と頭を下げ、母は恐縮しまくる。

「それ以上お礼を言われたら、逆に熱が出ちゃいますからやめてくださいね！　それと、藤本さんに渡しそびれちゃったぬか床を、お願いできますか？」

「ああ、喜んで」

と言っても、ぬか床を持つのは蓮双だ。白遠は両手に着物を持ったまま離そうとしない。

「じゃ、しばらく行ってくる。母さんも無理をしないでのんびりしてくれ」

「はいはい。お前も、たまには帰ってらっしゃいよ？　あと、麒麟さんに無理難題を押しつけないこと。いいわね？」

「寂しくなる？」

「そりゃまあ多少はね。でも、一人息子が独り立ちしようとしてるんだから応援する。どんなふうに成長するか楽しみに待ってるわ」

期待されたら応えたい。

蓮双は笑顔で「任せろ」と言った。


今生の別れというわけでなく〝避難と修行〟なので、別れるときもあっさりしたものだ。

蓮双は着物を大事に持つ白遠の少し後ろを歩きながら、「で？　住まいは？」と尋ねる。

白遠はピタリと歩みを止め、「そうだった」と真顔で蓮双を見下ろした。

「まさか……住むところがないとか？」

神獣は神獣だけに異次元の扉でも使っているんだろうか……と蓮双が頭の中をSF世界で満たしたところに、「ここからだと少々遠い」と白遠が言う。

当たり前すぎて逆に「え?」と不満の声を上げてしまったが、白遠は「遠い」にたいしての不満だと思って「すまないな」と小さく笑う。

ちょっとだけ目尻を下げる笑顔は、人間っぽくて親しみが湧く。つんと澄ました顔より百倍もいい。

蓮双は白遠の顔をじっと見つめて「俺、その顔は好きだな」と感想を言った。

白遠はすぐさま真顔になり、顔が真っ赤になる。

その意外な反応に、蓮双は「人間みたいだ」と笑った。

「そうやって私をからかうのが、お前の悪い癖だ」

「……あんたの蓮双は、こんなふうにからかってたのか」

そうか。じゃあ俺は、こういうことをするのはやめよう。俺が生きてきた二十年間に、あんたはいないんだから。

胸の奥に小さな痛みが走る。不愉快な鈍痛だ。

「お前が、私の蓮双だよ」

白遠はずっと大事に両手で持っていた着物を左手に掛け、右手で蓮双の頬を包み込み、そっと撫でる。

「な…………っ！」

親子のスキンシップとも、友人たちとのじゃれ合いとも違う、不思議な掌の温かさと優しさに、今度は蓮双が赤くなった。

初めて〝蓮双の欠片〟を見せられたときのように、理由の付けられない感情が一気に噴き出しそうで、蓮双は慌てて白遠の掌から逃げる。

「誰か来たら……恥ずかしいだろっ！」

「そうやって、仲睦まじい様子を隠したがるのも、蓮双の癖だ」

「そんなのどうでもいいから、早くあんたの住処に連れてけよ」

「ああ……そうだな」

白遠は「もう少し近くに」と蓮双を手招く。仕方なしに近づくと、ポンと肩に手を乗せられた。

次の瞬間、蓮双は森の中にいた。

いや、正確には、自然の森を模した空中庭園だ。

神獣の力で一瞬にして移動したのだが、蓮双はしばらく混乱した。

「〝時渡り〟というのだよ、この術は。ある程度力を持った人外であれば、使える術だ」

白遠が微笑みながら説明してくれた。

蓮双は「そっか」と頷きながら、ようやく辺りを見回した。

寝転がると気持ちよさそうなソファが無造作に置かれて、今はそこで小鳥が羽を休めている。

総ガラス張りの空が見える天井。大きく開け放たれた窓からは清々しい秋の風が流れ込んでくる。

テラコッタが敷き詰められた床、耳を澄ますと小鳥の声まで聞こえる。一体ここはどこなんだと、焦りながら白遠のあとを追いかけた。

「人間たちは、ここを〝お守り部屋〟と言う。新界協力機構からたった十五分しか離れていないビルの屋上なんだがね。人間たちは『縁起のいい場所』と言っている。このビルに入っている会社はどれも上手くいっているようだ。だからみな、詣でに来る」

それはなんというか……麒麟の御利益じゃないか。扱いがちょっと座敷童《わらし》っぽいけど。

「なかなか大変な毎日だぞ。毎朝、廊下に置かれたたくさんの供え物を受け取り、整理するんだ」

「はあ……」

庭園から建物へと続くガラス製の扉を開けると、年季が入っているが座り心地のよさそうな大きなソファと、焦げ茶色のラグマット、小さな丸テーブル。テラコッタの床にはクッションがいくつも転がっている。その向こうにはゆったりとしたベッドがあり、備え付けの大きなクロゼットと本棚が並んでいる。蓮双は「俺の部屋は六畳だから……」と呟きながら部屋の広さを推測する。スペースは、十二畳ほどだろうか。

壁には異国情緒溢れるタペストリーが飾られ、新たな芽を吹いたばかりの植木鉢や秋の花を咲かせた鉢が備え付けてある。天井にはモザイクタイルが敷き詰められて、どこか異国の街並みが描き出されていた。テレビや照明はなく、テーブルの上にはノートパソコンが一台と綺麗な色の蝋燭が置かれている。パソコンがなければ、まるで森に暮らす妖精の部屋だ。

「いい部屋だな。凄く居心地がよさそうだ」

「狭いがな。風呂も台所もトイレも、水回りはすべて隣の部屋だ。階下に行くには、庭園横の非常階段を一階分下ってからビルのエレベーターを使う。ちなみに私たちの存在は、人間には見えておらん。というか、私が見えないようにしている」

白遠は着物をそっとベッドに置き、ジャケットを脱ぎながら言う。

「見えてないのに仕事はあるってのが凄いな」

「誰も片づけないのに供物がなくなるということは、御利益に説得力がある」

「なるほど」

蓮双は、うちから持ってきた二つの小さなぬか床を冷蔵庫に入れ、タイル貼りの可愛らしい洗面所に自分の歯ブラシとグラスを置く。

どうやって設置したのか風呂場は追い炊き機能の付いた最新式のもので、トイレも清潔な洋式だ。台所には瞬間湯沸かし器もついている。もしかして、藍晶に無理難題を言った結果だろうか。

水回りは文明の利器が揃っているが、それでもどこか懐かしさを感じるのは、綺麗にモザイクタイルで装飾されているからだろう。

よく見ると曲がっていたり、貼り直したあとがある。

「なあ、この綺麗なタイルって……あんたが貼ったのか？」

「そうだ。……蓮双、私のことは白遠と呼ぶように。〝あんた呼び〟は言葉が汚いからやめなさい」

「分かった。で？　俺の荷物はどこに置けばいい？」

荷物と言っても小さなボストンバッグ一つだ。

すると白遠は、クロゼットの半分を勢いよく開けて、「ここと、下の引き出し一段を使いなさい」と場所を作った。

「サンキュ」

「それと……ここは土足厳禁だから、これを履くといい」

白遠は本棚の隙間から一足のスリッパを引っ張り出し、蓮双に渡す。スリッパと言うよりも室内履きに近い。

「ありがとう。すごく可愛なこれ」

「私が手慰みに作ったものだ」

麒麟が？　手縫い？　ホントに？

心の叫びが顔に出たようで、白遠は微笑みながら「本当だよ」と胸を張った。

「神獣は器用なのか……。じゃあ、もしかして料理なんかも？」

「最初は、人間の食べ物に興味はなかったんだが、作ってみるとこれがなかなか面白くてな。味の保証はできんが、作るのは好きだ」

いや、多分……料理上手いでしょ、麒麟。

蓮双は心の中でサクッと突っ込みつつも、白遠が料理を作れると知って安堵した。

なにせ蓮双は、湯を沸かすことはできても料理が作れない。掃除洗濯はできても調理はからっきしという、偏った家事能力の持ち主なのだ。

「あの俺！　俺が掃除とか洗濯とかするから！　だから…………ご飯、作ってください」

できないことをできると見栄を張ると碌なことがない。

蓮双は両手にスリッパを握り締めたまま、白遠に頭を下げる。

「私はもとからそのつもりだった」

「ホントにか！　やった！　ありがとう！」

「好き嫌いは何かあるかね？」

「カレーとかハンバーグが好きだな。嫌いなものは何もない」

「そうか。では今夜はカレーにでもしようか？」

神獣にカレーを作らせる罰当たりと言われようと、蓮双はこの幸運を誰にも譲るつもりはなかった。


何もしなくていいと言われたけれど、取りあえず、風呂場を掃除して湯を入れておいた。

テーブルは丸テーブルしかなかったので、載っていたノートパソコンを飾り棚に移し、布巾で綺麗に拭いてから、ナプキンを敷いてスプーンとフォークを置く。

白遠はスーツからTシャツと黒いパンツに着替えて、エプロン姿で台所に立っている。

キッチンに続くガラス戸が開け放たれたままなので、彼が調理をしている様子がよく見えた。

神獣がエプロンつけてカレー作るなんて……すげー。

そう思ったから、蓮双はスマートフォンを使って白遠の調理姿を何枚も写真に収めた。

俺の知らない蓮双は、この人が人間の料理を作ることを知らないんだろうな。

妙な優越感に浸りながら、蓮双はソファにゴロンと横になる。

奥行きがあるので腰掛けるときは背中にクッションが必要だが、こうして寝転ぶには丁度いい。

それにこの場所は空気が清くて気持ちがいいので、蓮双は「ちょっとだけ」と目を閉じて居眠りを始めた。

「蓮双？」

優しい声で呼ばれると、余計に眠くなる。

「できあがるまでもう少しかかる。それまで寝ていなさい」

優しく髪を撫でていた指が頰を伝い、猫をあやすように喉を撫でられた。

蓮双はゆっくりと目を開け、白遠を見上げながら「にゃーん」と鳴いてからかう。

「こら。私から理性を奪う気か」

白遠は目を細めて微笑みながら、蓮双の首筋に指を移動させた。

「神獣に性欲があるのかよ」

ははは笑おうとした蓮双の前で、白遠は「あるに決まっているだろう？」と言う。

「え？　え……？　ああそっか！　康太さんもあの孔雀所長とデキてるんだったっ！　俺すっかり忘れてた」

蓮双はいきなり体を起こして、「そういうのもアリなんだよな」と己に言い聞かせる。

「伴侶とは、そういう意味も込めての伴侶なんだぞ？　蓮双」

「あの、性交渉はなしで。俺、まだ童貞なんで、初めてのセックスは女子としたいです」

「童貞とは素晴らしいじゃないかっ！　私の日頃の行いがよかったおかげだ……」

神獣を前にして嘘をついても仕方がないと正直に申告したのに、なんだろうこの言い方は。腹が立つ。

こっちは好きで童貞をしていたわけではない。勉学と修行とバイトに明け暮れていたら、そっち方面がさっぱりだったのだ。

「それに俺はあんたの恋人じゃない」

「それはお前が忘れているだけだよ」

「はい？」

「蓮双は私の伴侶なのだ」

「だから？」

「お前は伴侶の欠片だ」

「そうらしいな」

「愛しい伴侶と、一つ屋根の下で清らかに暮らしていくのがどれだけ苦痛が、お前にも分かるだろう？」

「忍耐に挑戦ってことか」

「今まで散々我慢してきたのに、これ以上、何を我慢すればいいいんだ」

白遠はそう言って、深く長いため息をつく。そして、恨めしそうに蓮双を見て唇を尖らせた。

なんだこの子供は。どこが神獣だ。

蓮双は、子供らしさ全開で攻めてくる白遠を見つめて、なんだかとっても残念な気持ちになった。

康太は蓮双に「神獣を特別だと思いすぎると幻滅する」と言ったが、本当だった。

「できれば、襲いかかるような真似はしたくない。神獣の矜持もある」

「あのですね、麒麟さん」

「なんだ」

「愛だの恋だの言う前に、あんたは俺に身の守り方とか、人外の払い方とか、そういうことを教えなくちゃなんねえんじゃね？　たいして教えてもらえずに、俺がまた死んじゃったらどうすんの？　あんた……今度こそ俺を守るって言ったよな？　だったらちゃんと約束を守れよ」

とても残念だった神獣の表情が一瞬で変化した。

白遠はキラキラとした輝きを纏っている。それがエプロン姿であっても関係ない。瞬きをしている間に、凛とした、人の姿を纏った神獣がそこにいた。

「蓮双のこととなると、私はすぐに己を忘れる。すまなかった。確かに、私がしなければならないのはお前を守ること。そしてお前に自分の守り方と人外の払い方を教えることだった」

白遠は両手で蓮双の頬を包み、「思い出させてくれてありがとう」と微笑む。

気恥ずかしくて顔が赤くなるが、両手で頬を包まれていては、逃げられない。

「いきなり、そんな笑顔で言われても……っ」

「お前が好きだと言った笑顔を見せたのだが、何がいかん？」

「好き嫌いは別にして、美形に目の前で微笑まれたら照れるだろ。恥ずかしいだろ」

「つまり、私を気にかけているということか」

「そうじゃ……」

そうじゃねえだろ、と怒鳴りたかった。

なのに、白遠の唇がそっと頬に押しつけられたせいで、蓮双の叫びはなくなった。

「これぐらいは許してくれ」

白遠は、蕾だった花が「え？　春？」と間違えて一斉に花開いてしまうような晴れやかな笑みを浮かべ、立ち上がる。

「鍋を見てくるよ」

そして、よしよしと蓮双の頭を撫で回して台所に向かった。

「…………なんだよ、あいつ」

それに俺もどうした。たかが、頬にキスされただけだろ？　いや、あれは唇を押しつけただけのものだ。犬とか猫が、甘えたい相手に濡れた鼻先を押しつけるような……そんなことと一緒だろ……っ！

蓮双は心の中でありったけの言葉を並べて言い訳する。

それでも、なかったことにできない事実が一つだけあった。

「俺……初めてだったのにな」

神獣にキスしてもらった人間など、きっとこの世で数えるくらいだ。とんでもないレア現象だ。ならばできればメスの神獣にちゅっとしてほしかったなと、そんな罰当たりなことを思いながら、蓮双は白遠が触れた頬を撫で回す。

キスをされても、何も思い出せなかった。

神獣だけあって嫌悪感はまったくなかった。頬に唇が触れただけのことだ。

けれど蓮双は、そう思ったことを白遠に言うつもりはなかった。


ジャガイモにニンジン、タマネギに肉という定番のカレーと、野菜を切っただけのサラダが小さな丸テーブルに並ぶ。

皿の形だけでなくグラスも全部バラバラだ。

「ずっと一人で食事をしていたから、揃えようという考えがなかった」

「そっか。そんじゃ今度、皿やコップを買いにいこうぜ。な？　ではいただきます！」

旨そうな匂いがたまらない。

蓮双はスプーンを右手に掴み、ルー多めの山盛りカレーライスを頬張った。

白遠は「ルーは市販のものだし」「人間の舌に合うかどうか」としおらしいことを言っているが、本当に言いたいのは「食べた感想は？」だろう。

蓮双は何も言わずにすぐさま空の皿を白遠に差し出し、「おかわり」と言った。

「凄い旨かった！」

「そうか、よかった。……カレーを失敗する人間がいるはずはないが、そうか、旨かったか。安心した」

「そんで、明日の朝もカレーだろ？　昼は残ったカレーでカレーパン作ればいい」

「明日の朝のカレーには異存はないが、昼はカレードリアを作ろうと思う」

白遠は蓮双の皿を受け取り、大盛りのおかわりを盛ってから「パンがいいのか？」と尋ねた。

「ドリアって……うちで作れるのか？　神獣がドリアの作り方知ってるの？」

「本で読んだ。オーブントースターで簡単に作れる」

神獣の口から「オーブントースター」という言葉が出るのは面白いが、ドリアが食べられるのは嬉しい。

「旨そうだから白遠に任せる」

山盛り二杯目の皿を受け取り、蓮双が笑った。

白遠が、懐かしそうな顔で自分を見ている。でも蓮双は無視した。彼が今見ているのは自分ではなく〝白遠の蓮双〟なのだ。

「お前の食べっぷりがいいので、これからは供え物を腐らせずに済みそうだ」

「あー、そっか。これ、供え物だよな。だったらなおさら、大事に食べないと」

「気を使わんでもいい」

麦茶の入ったグラスを手に取りながら、白遠が微笑む。

「こんなふうに……誰かのために料理を作るのは久しぶりだ。食べてくれる相手がいると作りがいがある」

「藍晶さんや康太さんとは？　一緒に飯食ったりしねえ？」

「康太がな、あれは人間にしてはなかなかの腕を持っていて、逆にこっちが振る舞われるんだ。私は滅多に人間は褒めないが、さすがは康太。神獣を伴侶に持つ人間だけある」

「そっか」

「これからは、私が毎日お前に振る舞おう」

「楽しみにしてる。……そんじゃ、後かたづけは俺の担当な？　それと、腹が落ち着いたら風呂に入ってくるといい」

一番風呂は当然神獣様ですと、蓮双はサラダを食べながら言う。

「私は一緒に入っても構わんが」

「俺が構うし、図体がデカいんだから一人ずつの方がゆっくりできるだろ」

「……初日から気合いを入れすぎてもいかん、ということか。あい分かった」

いろいろ違うが、突っ込みを入れるのはやめにした。神獣がニコニコしていると、こっちまで嬉しくなる。

蓮双は白遠の作った料理を食べ終えることに集中した。


どうにか上手くやってるようね。

取りあえず母に連絡を入れたら、笑い声とともにその台詞が返ってきた。

実際は迫られたり頬にキスをされたりと、いろいろあったのだが、わざわざ言わない。

蓮双は「またそのうち電話する」と言って手短に電話を切り、持ってきた充電コードをスマートフォンに繋ぐ。

見つけた差し込み口が、台所の食品棚の横にあったので、そこにアダプターを差し込む。

「蓮双、風呂から上がったぞ」

「分かった。そんじゃ俺も…………」

声に釣られて振り返ると、そこには、大事なペンダントをぶら下げて肩にタオルを掛けただけの全裸の白遠が立っていた。

「なんで裸なんだよっ！　服着ろ服……っ！」

「え？　……………ああ」

ようやく合点がいったのか、白遠は肩にかけていたタオルを腰に巻く。

「人間は、こうだったな。すまんすまん」

「いくら神獣でも、人の形で全裸は驚くからなっ！」

白いのは髪の毛だけではありませんでした……ではなくっ！　風呂上がりの着衣はちゃんと覚えてもらわないと。

蓮双は、「いい湯だった」と言いながら冷蔵庫から麦茶の瓶を取り出す白遠を見て、決意する。

「パジャマとか浴衣とか……持ってるよな？」

ベッドは一つしかないから、必然的に一緒に寝ることになる。それは仕方がないとしても、全裸の神獣と二人でベッドに寝たくない。

白遠は「あるよ、着るものは山ほどな」と独り言のように言いながら居間兼寝室に歩いて行った。

　蓮双がTシャツに短パン姿でスッキリサッパリして部屋に戻ってくると、部屋の中は様々な色の蝋燭の明かりが灯されていた。

　本を読むにも苦労するささやかな明かりだが、ふわふわとした色の中にいると気持ちは随分落ち着いてくる。

　白遠は、大事に持って帰った着物を肩に引っかけて、ベッドに俯せになっていた。

　麦茶が入っていたグラスは、テラコッタの床に転がっている。

「子供かよ」

　白遠の寝顔は眉間に皺が寄っていた。

「皺になるぞ、こら」

　相手が寝ているので、蓮双の行動は大胆になった。

　ベッドに上がって、右手の人差し指で白遠の眉間の皺を伸ばす。

「こんな無防備な男が神獣で、人間の世界で生きてるんだもんな」

「…………好きで人界にいるわけではない」

不機嫌な声に、眉間に当てていた指を慌てて離そうとしたが、遅かった。

白遠の両腕に搦め捕られ、あっというまに押し倒される。

ベッドの揺れが収まるまで、白遠はじっと蓮双を見下ろした。

彼の首に掛かっている〝蓮双の欠片〟が入ったペンダントが揺れる。

「どれだけ捜しても、かくりよに蓮双の欠片はなかった。誰も飛び散る輝きを見ていないと知った。だから私は、現世に場所を変えて捜し続けた。蓮双の欠片を捜すために、世界を回った。延々と。そして欠片を八つ見つけた。蓮双の欠片がなければ、私は人界になど用はない」

ハッキリ言うよな、この神獣。

このご立派な神獣が「不要」と言っている世界で今まで生きてきた蓮双は、ちょっと面白くない。

「そんな文句を言うなら、俺に無理やり欠片を飲ませればいい。そしたらきっと猫又の蓮双になる」

「きっと、そうするのが一番なのだろう。猫又の一族もお前の存在を知ったら、『最後の欠片が人の姿をしているならば、それは器だ。八つの欠片を飲ませろ』と、口うるさく言ってくるだろう」

「……三毛のオスだから？」

「それもあるが……お前の妹が躍起になっている」

「猫又の蓮双には、妹がいるのか」

「とびっきりの美少女で、しかも凶暴だ」

なんとも猫らしくていい。

蓮双は小さく笑って、白遠を見上げる。

「さて、困った。この体勢で、私は己の欲望を制御するのが難しい」

「またその話かよ。神聖な生き物が性欲を語るな」

「申し訳ない」

申し訳ない顔なんかこれっぽっちもしないまま、白遠の顔がゆっくりと近づいてくる。

「お、おい。俺は同性と性行為をしたいとは思ってないぞ」

「私を人間と同等に語るな」

「無理強いする段階で、人間以下だと気づけ」

「なんと」

「俺はあんたの蓮双じゃありませんから」

「最後の欠片にも愛を注ごう」

「は？」

だからなんで、話がそこに着地するんだよっ！

口で言ってものらりくらりと躱されそうで、蓮双は心の中で怒鳴るしかない。こうなったらさっさと逃げてやると体に力を入れたが、ピクリとも動けなかった。

しかも目の前には〝蓮双の欠片〟だ。

泣きはしないが、傍にあって気持ちのいいものじゃない。心がざわついて、自分が自分でなくなるような、そんな恐ろしさを感じた。

「蓮双……」

「その欠片……離せよっ！」

Tシャツ越しに、欠片の入ったペンダントヘッドが蓮双の胸に触れる。

その途端、白遠への愛情と欲望がどうしようもないほど溢れ出て、蓮双の体をしっとりと包み込んだ。

「やめ、ろ……っ！　何すんだっ！　勝手に俺の中に入ってくんじゃねえっ！」

なおも感情が流れ込んで来ようと柔らかな触手を伸ばしてきたが、蓮双は渾身の力で白遠ごとベッドの下に突き落とした。

なんだ今のはっ！

自分が何か別の存在になってしまうような恐怖と不安に包まれ、蓮双は冷や汗を垂らす。

初めて〝近づいてはいけないもの〟を見たときよりも、今の方が何百倍も恐ろしい。

蓮双は白遠と反対側に転がり落ち、タオルケットを掴んで引きずり下ろすと、それを被って丸まった。まだ体は震えている。怖い。

ベッドと壁の間に小さく丸まって、両手で体を抱いて目を閉じる。

そうすると、少しずつ気持ちが楽になった。

「俺は蓮双だ。永友蓮双だ。二十歳の日本人で、今は母さんの仕事の手伝いをしている」

蓮双は、自分が何者なのかを呟き、言い聞かせる。

欠片の感情が、ほんの少し心に触れただけであれだけの思いが溢れた。欠片を飲み込んだりしたら、絶対に〝今の自分〟は消えてなくなってしまう。確信した。

そんなことは絶対に阻止したいのに、蓮双は今、白遠に抱き締めてもらいたくてたまらなかった。

これは俺の気持ちじゃない。俺は白遠なんて好きでもなんでもないんだ。

そう思ったところで、タオルケットごと抱き締められた。

「すまなかった」

体を強ばらせた蓮双に、白遠はそれだけ言う。

「あんたなんか……好きじゃないんだから」

「分かっている」

「俺の気持ちとか、やらなきゃいけないこととか、全部無視しやがって」

「その通りだ」

「それでも神獣かよ」

「返す言葉もない」

「………すっげー、怖かった」

声が掠れて、泣き出しそうになるのを堪え、蓮双はやっとのことでそれだけ言った。

「今は、まだ怖いか？」

バカ。ちくしょう……っ、もう……怖くないよ。

小さく情けない白遠の問いかけに、蓮双は鼻声で「怖くない」と返す。

「もう絶対にこんなことは起きない。お前に迫るときは、欠片のペンダントは外してしまっておく。そうすれば大丈夫だ」

「そりゃそうだけどっ！」

出ていた涙がいきなり引っ込んだ。

蓮双は勢いよく顔を上げると、心配そうな顔で自分を見つめている白遠に「勝手なヤツ」という言葉を投げかける。

「は？」

「あんたの蓮双は、なんであんたなんか好きになったんだろう。俺はさっきからずっと神獣に幻滅してるのに」

蓮双は眉間に皺を寄せて悪態をつく。

「その言葉を甘んじて受けよう」

「反省してるのか？」

「もちろんだ」

「だったら……その、俺が寝るまで、もっとこう、ぎゅってしろよ」

心に触れた〝知らない蓮双〟が、あんたを恋しがってるんだ。可哀相だろ？　だから俺と一緒に抱き締めてやれ。

蓮双は、罰としてこのことは言ってやらないけどと心の中で付け足し、こてんと白遠にもたれ掛かる。

「ここでか？　こんな狭い場所で……」

言いかけて白遠は小さく笑った。猫は狭くて暗い場所が好きだと気づいたのだ。

気がつくとベッドの中にいた。

ベッドの真ん中を一人で占領していた。白遠の姿はどこにもない。

そのかわり、台所からコーヒーのいい香りがしてきた。

「おはよう、蓮双」

白遠が、やはりエプロン姿でマグカップを持ってやってくる。彼はベッドに腰を下ろし、マグカップを蓮双に差し出した。

「少し甘いが、寝覚めにはいいだろう」

「おはよう。それとさんきゅ」

蓮双はマグカップを受け取ってコーヒーを飲む。確かに甘いが、コーヒーの香りがいいので甘味が頭に響いてこなくて丁度いい。

「今からカレーを温めようと思うんだが」

「一晩経ったカレーも旨いよな」

「私も！　一晩経ったカレーが大好きよっ！」

いきなり、空中庭園に続くガラス戸を開けて、一人の美少女が現れた。赤い振り袖が黒髪に似合っている。

彼女は蓮双を見つめて、にっこりと微笑む。

「おはよう、兄様。随分お久しぶりね。六百年か五百年ぶりかしら？　お元気だった？」

「は？」

「あら。あなたが溺愛していた妹の祝湖を忘れてしまったの？　酷いわ兄様」

妹がいるらしいのは昨日聞いた。だがここにいきなり現れるとはどういうことだろう。

「祝湖。ここに来るときは、まず先に連絡をしてからと私がいつも言っているだろう？」

白遠が困り顔で腕を組んだ。

「非常事態に連絡なんか必要ないわ」

「君に私のタテガミを渡すんじゃなかったな。蓮双のものを何かよこせと闇雲にねだったから渡したのだが……」

神獣のタテガミなら俺もほしい。凄いお守りになりそうだし……と思ったところで、祝湖が不躾なほど蓮双を見つめた。

「久しぶりにあなたから連絡があったと思ったら、兄様の最後の欠片を見つけた……でしょ？　嬉しくて来たってのに……この欠片はどうしてまだ兄様になってないの？」

咎めるような問いかけに、蓮双は「俺はあんたの兄様じゃない」と言い返す。

「な、なんてことなの？　どういうことよ！　これは！　欠片の合体が失敗したの？　違うわよね？　合体で記憶がおかしくなっても、妹の私を忘れるはずがないわ。あなたはどこの誰なのよ。私の兄様を返してっ！」

生意気な美少女は嫌いではなかった。気が強くて綺麗だなんて最高だと思っていた。

だがそれを目の当たりにすると、なんて腹の立つ生き物なんだろうか。

「そこにいる神獣さんに、ちゃんと話を聞けばいい」

そう言って、蓮双は残りのコーヒーを飲んでベッドから下りた。


顔を洗って、パーカーとジーンズに着替えて部屋に戻ると、祝湖がちゃっかり朝食をごちそうになっていた。

美味しそうに食べている割りには、態度が怒っている。

「蓮双の分もあるから安心しろ」

「ああ。……で？　美少女は分かってくれたのか？」

「理解したから、怒っている」

白遠は困ったように微笑み、パンケーキに生クリームと手作りの林檎ジャムを乗せて片っ端から腹に収めている祝湖を見た。

「なんで、こう……ややこしいことになっているのよ。欠片は揃ってるのに兄様になってないし。沙羅鎖もまだ見つかっていないというのに……っ！」

祝湖は紙ナプキンで口元を拭い、ミルクティーで喉を潤して悪態をつく。

「サラサって？」

蓮双の問いかけに、祝湖の頬が引きつった。

「白遠！　あなた、この欠片に何も教えてないの？　沙羅鎖を知らずに大事が起きたらどうするのよ！」

ああ、もしかして〝白遠の蓮双で祝湖の兄〟を砕いた妖怪のことか？

蓮双は「蓮双が砕けるいきさつは聞いた」と言ったが、祝湖に「名前も聞いておきなさい！」と叱られた。

「結局……欠片が集まる前と変わらないじゃない」

「すべて揃っているんだがね」

「でも、この子は兄様の立派な器じゃない。何もかもが生き写しよ。腹の立つことに口調もね。きっと性格もまったく同じなんだわ。これはもう……死ぬまで待つしかないわね。人間は百年ぐらいで寿命が来るんだし」

「本人の前で物騒なことを言うなよ、美少女」

蓮双はソファに腰を下ろし、祝湖を睨む。

「だって、あなたもそう思ってるんでしょ？　人間として生きていきたいと思うんでしょう？　だったら、あなたが死ぬまで白遠が傍にいれば済むことよ。これ以上兄様の欠片を捜し回らなくて済むし。ね？」

確かにそう言ったし、永友蓮双としての記憶をなくしたくないから、その判断はベストだと思う。だが、改めて他人に言われると腹が立ってくるのはどうしてだろう。

「まるでハイエナじゃないか」

「犬と一緒にしないで」

「はいはい」

肩を竦めたところで、温めたカレーライスが出てきた。

なんと白遠は、祝湖の前にもカレーライスを置く。華奢な美少女は優雅にカレーライスを受け取った。

「いいこと？　白遠があなたを見つけ、藍晶とその伴侶に出会い、こうして私とも出会った。ということは、悪い縁も繋がってくる。きっと沙羅鎖と出会うわよ」

「そういう縁の話は、母から聞いた」

「なら話は早いわ。二度目はないわよ。今度は砕かれずに沙羅鎖に喰われるわ。そんなの愚の骨頂だから勘弁してちょうだい。猫又一族の顔に泥を塗るような真似はしないで、兄様の欠片さん」

「俺だって、妖怪に喰われるなんてまっぴらだ。だから、白遠に結界と封印の仕方を習う。そのために、俺はここに住んでる」

「あら変ね。……白遠と同衾したなら、力ぐらいは戻ってそうなものじゃない？」

「祝湖。待ちなさい祝湖。私と蓮双は、まだそういう仲ではない」

「ありえない。あなたと兄様は誰もが羨む仲だったはずよ？」

「だからといって、何も知らない相手を押し倒すことはできない」

押し倒したじゃないか。確かに押し倒したよな？　結局は何もされずに終わったけど。

だが取りあえず、沈黙は金。

蓮双は言いたいことを呑み込んで、スプーンを手に持つ。

「どっちにしろ白遠は、この欠片の寿命が尽きるまで沙羅鎖から守るんでしょ？」

白遠は自分用に入れたコーヒーを飲んでから、口を開いた。

「守るとも。……だがな祝湖。私は蓮双の寿命が早く尽きればいいとは少しも思わないぞ」

「まったく何を言っているのやら、麒麟ともあろう神獣が。あなたが〝命令〟すれば欠片を動かすことは簡単でしょうに。さっさと八つの欠片を飲ませて、兄様を取り戻していればよかったのよ。そうすれば、こんな欠片に情をかけずに済んだんだから」

美少女の唇から辛辣な言葉が発せられる。

白遠の眉間に皺が刻まれた。

「八つの欠片も、最後の欠片も、私にとっては大事な蓮双だ。力任せに事を進めて悲しませたくない」

「兄様を悲しませたくないのは、私だって同じよ。けれど、目の前にすべてが揃っているのに、何もできずにあと百年近く守り続けるなんて……切ないじゃない」

祝湖はそう言って蓮双を睨む。

けれどすぐに泣きそうな表情を浮かべて顔を背けた。

「……あと、沙羅鎖は、見つけ出した者の獲物ってことに決めたから」

祝湖はカレーを食べ始めた。

獲物だと？　またしても物騒な言葉だ。

たった一晩で、自分を取り巻く世界がすっかり変わったと蓮双は改めて自覚する。

「蓮双、おかわりは？」

「腹いっぱい」

白遠の言葉に首を左右に振り、蓮双は自分が使った食器を持ってシンクに向かう。

祝湖は白遠を相手にまだ何かブツブツと文句を言っていた。あんな小難しそうな美少女が自分の妹だとは、にわかには信じられない。

「なんなんだよ……」

やっぱやだ。妖怪とか神獣なんて。少しぐらい人間に気を使えよ。

誰も今の蓮双を必要としていないどころか、人としての蓮双が用済みになるのを待つとまで言われた。

自分で言う分にはなんとも思わないけど、誰かに言われると辛い。

「どうすっかな……」

シンクにあった食器を洗って水を切り、丁寧に拭いて食器棚に移す。

そのまま、シンクに手をついてぼんやりしていたようだ。気がつくと向こうの部屋は随分静かになっていた。

「やっと祝湖が帰った。一息ついたら、まずは結界を作る練習を始めようか」

白遠が、彼女が使った皿を両手に持って台所にやってきた。

「麒麟のタテガミがあれば、結界は大丈夫なんじゃね？」

「あれは、そうそうくれてやれるものではない。祝湖が持っているのは蓮双のもので、彼女に貸していた」

言われてぐさっと来た。言葉が心臓に突き刺さるってこういうことかと思った。

蓮双のことを「お前は私の蓮双だ」と言っていたくせに、なんだその言い方は。

「あー……そうだったな。俺はあんたの蓮双じゃないもんな」

「蓮双のものだからこそ、祝湖からは返してもらった。……術を覚えていない今のお前が持っていても大した役には立たないだろうが、守護ぐらいはできるだろう」

白遠は、パンツのポケットから白銀のタテガミを取り出し、蓮双に差し出す。

タテガミを縛っている白い紐は絹だろうか。髪と共に艶やかに光っている。

「俺が、こんな綺麗なものをもらっていいのかよ？」

「当然だ。お前は私の蓮双なのだから」

別に、この台詞が聞きたかったわけじゃねえからっ！

なのに現金なくらい気分が急上昇する。バカじゃないか俺は、と、心の中で自分を笑う。

でも蓮双は嬉しかった。

「ありがとう。大事にする」

「お礼は抱擁で構わない」

「最後がこれかよ」

でもまあ、白遠は人間の俺が寿命で死ねばいいと思ってないから、これくらいはしてやってもいい。

というか、訳の分からない罪悪感で体が満たされ、白遠の機嫌を取りたくてたまらない。

今の俺は気が動転しているだけだと、蓮双は自分に言い聞かせる。

そして白遠を見上げ、彼の体を力任せに抱き締め、ポンポンと背中を叩いて離れた。

「はいお礼の抱擁」

「なんとも……色気のない」

白遠は文句を言いつつも小さく笑う。

「さっさと俺に結界の作り方を教えてくれ」

蓮双は笑い返して、胸を張った。

毎日の仕事で一番面倒なのが〝供え物の仕分け〟だった。

ビルの屋上へと向かう非常口扉の前には、足の踏み場もないほど供え物が置いてある。

驚いたことに、食べ物だけでなく反物や金銭まであった。

中には、何やら願う手紙まで供えられていたが、白遠は「手紙だけは持って行くな。私は人の願いは聞かん」と言うので置き去りだ。

二人がかりで供え物を屋上の家へ運び、食べ物とそれ以外に仕分けする。

蓮双が「金はどうするんだ？」と聞くと、白遠は「あって困るものでなし」と言って、古ぼけた革のトランクに入れていく。このトランクがいっぱいになったら、康太に言って銀行に預けてもらっているそうだ。

「神獣なのに生臭いことやってんな」

「周辺の土地の安寧《あんねい》を引き受けることになったのだから、それくらい構わんだろう」

「麒麟だったら、もっとこう……広大な土地を守るとかできるんじゃね？」

「私は土地を守るために人界に来ているのではないから、これでいい」

質素なのか傲慢なのか分からないが、〝蓮双〟を取り戻したいという気持ちが岩のように硬いのが分かった。

祝湖から返してもらったタテガミは、紅い絹の巾着袋（なんと白遠の手作りだ！）に入れられ、護身の役割を果たすから肌身離さず持つことを強制されている。

そして白遠は「私の前で二度と砕けてくれるな？　蓮双」と言うだけあって、教師役はとても厳しい。

だが教えるのは元来上手いようで、ただ厳しいのではなく、どこがどう悪いのか懇切丁寧に教えてくれるから、こちらも失敗したときに納得がいった。

「俺、あんまり頭がいいとは言えねえんだけど、白遠の教え方は上手いと思う」

蓮双は、掌の中で小さな結界を作って見せ、白遠に笑顔を見せた。

「あまり可愛い顔で笑うな。麒麟の理性は強固ではない。むしろガラス」

「強化ガラスにしろよ」

掌の結界を消し、蓮双は窓の外を見る。

空中庭園は相変わらず美しい。

ビル風が吹いてもガラス張りの庭園が壊れないのは、白遠の結界のお陰だと知った。

人間たちは、周りのビルから庭園を見下ろし「強風なのにあそこはビクともしないのね、不思議」「守ってくれる何かがいるらしい」と口々に呟いているそうだ。

ここにやってきてそろそろ十日になった。

初日に事件がてんこ盛りだったお陰で、今はのんびりと暮らすことができる。

康太に渡した小さなぬか床は「今日も大活躍している」という文面とともに、ぬか漬けを旨そうに食べている藍晶の写真がメールに添付されてきた。

この家では、白遠が鼻歌交じりにぬか床をかき混ぜている。

エプロンをつけて楽しそうに料理を作る様子は、どこから見ても〝お母さん〟だ。これが神獣なのだから、この世界は面白い。

「この結界を大きくすれば、自分を守れるようになるんだろ？」

蓮双は、今は小さな結界を繰り返しいくつも作る練習をしている。

「そうだ。間違うことなく結界を作れるようになったら、大きな結界の作り方を教えよう」

「もう教えてくれてもいいと思う」

「だめだ。今の蓮双の結界では、私の吐息で壊れてしまう。この状態で沙羅鎖と出会ったら……」

「出会うことないって。俺はずっとここに居座ってるし。外に出てねえし」

「童貞という素晴らしい体の蓮双を供えてもらっていないし」

「エロ麒麟、黙れ」

「させてくれるのは、頬へのキスと抱き締めることだけだし」

「男同士に抵抗がない生き物たちとは違うんです」

「私は神獣だから安心しなさい」

一番安心できないヤツが、何言ってんだよ。

蓮双は唇を尖らせて、白遠の前で続けて何個も小さな結界を作ってみせる。

キューブによく似た赤い五個の結界は、横一列に綺麗に並んだ。

「ふむ。ではこの結界を十分ほど維持してもらおう」

「は？」

「動じず、心穏やかに」

白遠は微笑みながら言うと蓮双の背後に移動し、胡座の上に座らせる。

「この恰好が、何を意味するのか分かっててやってんだろ！」

パチン、と結界が一つ弾けた。

「私は授業料代わりのご褒美をもらっているだけだよ、蓮双」

「毎日供え物をもらってるじゃないか」

「供え物は、人間が勝手にすることで私は望んでいない」

「あのな……！」

動揺で、また一つ小さな結界が弾けた。

これ以上結界を減らしてなるものかと、蓮双は必死に呼吸を整えて、三つの結界の維持に努める。

白遠はというと、蓮双を後ろから優しく抱き締めたまま、彼の肩に頭を乗せた。

触れ合っている場所の二人の体温が馴染んでいく。

「蓮双……」

少し掠れた、甘えを含んだ低い声。

蓮双は、白遠が自分を呼んだのではないとすぐに分かった。想いの深さが声に宿っている。〝白遠の蓮双〟に向けられた声だ。

思い出すこともない自分は、最後の欠片と言っても〝身代わり〟でしかないのだ。

胸の奥に大きな石を宿したような暗く苦しい、妙に腹立たしい気持ちにさせられても、怒れない。これは、蓮双が蓮双であるための代償なのだから。

白遠が、蓮双の肩に額を擦りつける。柔らかな髪が首筋に触れる。

まるで自分の匂いを擦りつける動物の仕草だと、蓮双は少し笑った。そういえば白遠は神獣という名の獣だ。

「なあ」

「なんだい？」

「やっぱ、その……蓮双に会いたい？」

すると白遠は蓮双の肩から顔を上げ、「意味が分からん」と低い声で言った。ため息までついた。

まるで「お前はバカだな」と言われたような気がして、蓮双の眉間に皺が寄る。

「悪かったな。白遠を知っている蓮双に会いたいか？　の間違いだった」

「お前はお前のままで、私の蓮双なんだと何度言えば分かるやら」

「外見がそっくりなだけだろ。あんたが好きなのは俺じゃないんだから、そこんところ、ちゃんと俺に気を使ってくれ」

「そうやって、どうでもいいところにこだわるのは蓮双だ」

なんだって？

蓮双は残っていた三つの結界を弾けさせ、体を捩って白遠から離れる。

そして、きっちりと向き合った。

白遠はきょとんとした顔で「どうした？」と首を傾げる。

少しばかり文句を言ってやろうと思った蓮双は、彼の顔を見て気が抜けてしまった。

「散歩してくる」

「では私も一緒に」

「一人で散歩してくる。何か遭っても、取りあえずは〝これ〟を持ってれば平気だろ？」

蓮双は、首からぶら下げた巾着袋を掴む。中には白遠のタテガミが入っていた。


こんなに気持ちが混乱して苛つくくらいなら、さっさと欠片を飲み込んで〝白遠の蓮双〟になった方がいいんじゃないかと、自暴自棄になる。

蓮双は不機嫌な顔で、夕方のビル街を歩いた。

人通りが多いのは人々が帰宅する時間帯だからだ。となると、あと一時間もすればここはコンビニエンスストアの明かりだけが眩しい、寂しい通りになる。

スーツを着た人々ばかりの場所で、パーカーにジーンズの蓮双は少し浮いて見えるが、彼はあまり気にせず、コンビニエンスストアまで歩き続けた。

マンガ雑誌を立ち読みして時間を潰し、そのあとアイスを買って部屋に帰ればいい。どうせならカップラーメンも買っていこうか。きっと白遠は食べたことがないはずだ。旨いと言うか微妙な顔をするか、白遠の表情ならどっちでも楽しいと思った。

「…………なんで俺、あいつの機嫌をとろうとしてんの？　しかも食べ物で」

気づいた途端に顔が赤くなる。

白遠なんて、美形で料理が上手くてエプロンがよく似合ってて優しいだけの、ただの麒麟じゃないかと、蓮双は自分に言い訳した。

ここに康太がいたら「え？　ただの麒麟？」と笑ってくれただろう。

「ああもう、俺は何考えてんだよ」

ため息をつくように呟いて、コンビニエンスストアに入ろうとしたところで、蓮双は足を止めた。

何やら見られている気がするな……と、目だけを動かして辺りを探る。すると、ガードレールに腰を下ろしている一人の青年と目が合った。

長い髪をポニーテールにして、赤と黒のチェックのジャケットを羽織り、黒いパンツからジャラジャラと鎖のアクセサリーを垂らしている。

ここらへんに、ライブハウスでもあるんだろうか。

衣服に疎い蓮双は、あの手の恰好はバンド好きという認識しかない。

ポニーテールの青年は、蓮双を見つめて人なつこい笑顔を見せた。

しかし蓮双は頬を引きつらせて後退り、通りすがりの会社員にぶつかった。文句を言う会社員に「すみません」と頭を下げて、蓮双は歩き出す。

あれは、自分が近づいてはいけないものだ。人間が絶対に近づいてはいけない。

蓮双は気持ちを落ち着かせようと、白遠のタテガミが入った巾着袋を引っ張り出して握り締める。

白遠と暮らしているビルに戻るのに、五分もかからない。

だが後ろから〝あれ〟が迫ってくる。

「なんで、逃げるの？　ねえ」

楽しそうな声で呼ばれる。蓮双は絶対に振り返らない。

『そういうのに出会ったと分かったとき、声をかけられて振り返ったらアウトだから』

母から習ったことがここで生かされるとは思わなかった。なぜなら、蓮双が出会ったことのある〝絶対に近づいてはいけないもの〟は、声などかけてこなかった。

『自分から声をかけてくるものは、強いか弱いかどっちかね。これはもう運かしら』

笑顔で教えてくれた母に、今なら「俺は運が悪かったっ！」と突っ込みを入れられる。

蓮双の体に恐怖で鳥肌が立った。

「逃げるなよ、蓮双」

名前を呼ばれて戦慄する。右手で口を押さえなければ、叫んでいただろう。

蓮双は自分の背後にいる青年が誰なのか理解した。

「何百年ぶりの再会だと思ってんの？　少しぐらい口を利いてくれてもいいだろ？　なあ」

さてどうする。こんなことなら、相手の性格をもっと詳しく聞いておくんだった。そうすれば、油断させることもできただろうに。

蓮双はしかめっ面であれこれ考えるが、相手はもうすぐそこにいる。ここは腹をくくるしかないと決めた。

振り返って「なんだよ」と言ってやる。

「やっぱ怒ってるんだ。そりゃそうだよなー。あのときお前を砕いちゃったんだもんな。ゴメンね。でもホント、元に戻れてよかったじゃん」

沙羅鎖はニコニコと微笑み、蓮双の肩に手を伸ばしたが慌てて引っ込めた。

「話がそれだけなら、俺は帰る」

「そんなこと言うなって！　あそこのカフェで積もる話でもしようぜ。俺、奢っちゃうから！」

妖怪とは、みなこういう思考なのだろうか。喰いそびれた相手を前にして、何を呑気なことを言ってるんだ？

未だ小さな結界しか張れない蓮双に勝ち目はない。さてどうしたらいいんだろうかと、内心焦っていると、沙羅鎖が「俺はお前をうんと大事にしてやりたいんだぜ？」ととんでもないことを言い出した。

「へ？」

「俺もな、何百年も白遠から逃げ回ってさ、いろいろと考えたわけよ。あのときは蓮双を喰らえばそれでいいと思ってた。けどさ、喰ったらそれっきりじゃね？　な？」

「……そうだな」

「オス三毛の猫又ってものすっごく貴重じゃん？　だから喰うより飼おうかなってさ」

「それは、なかなか平和的な……解決方法かもな」

誰かに飼われるなんてまっぴらだが。

蓮双は心の中で突っ込みを入れ、取りあえず頷く。

「だろ？　大事に飼うから体液ちょうだい。それで絶対、俺は今より強くなれると思うんだ。刀身の妖怪でさー俺は格が低いから、もっと格調高くなりたいの」

ちょっと待て。体液ってどういう意味だ。エロいのか？　それとも流血か？　ちなみに俺は、どっちもいやだぞ！

やっぱりこの妖怪はおかしいと、蓮双は改めて白遠のお守りを握り締める。

「なあ、ソレ……凄く邪魔なんだけど。俺が蓮双に触れないから、捨ててくんない？」

沙羅鎖はしかめっ面で白遠のお守りを指さした。

「無理」

「俺の言うこと聞いてくれたら、すっげー大事にしてやるよ？　蓮双」

蓮双が後退る分、沙羅鎖が近づく。

そして彼は、蓮双の耳元に唇を寄せ、「お前が自分から腰を振るくらい、すっごい気持ちいいこといっぱいしてやれるんだけど」と低く笑った。

うなじに沙羅鎖の息がかかって、気持ちが悪い。

蓮双は思わず「俺はお前の知ってる蓮双じゃない！」と言って、沙羅鎖の体を突き飛ばした。

道行く人々が「喧嘩か？」「なんだあいつら」と一瞥し、その場から素早く離れていく。

沙羅鎖は驚き顔でよろめいたが、すぐに微笑みを取り戻した。

「どういうことなのか、よく分かんない」

「俺にだって分かんねえよ！」

「…………え？　だってお前は蓮双だろ？　なんつーか……力は殆ど感じられねえけど、俺の知ってる蓮双と同じ匂いするし。俺のことを知ってるし。人界で暮らしてて力の使い方とか忘れたんだろ？」

ここでもまた、〝俺の蓮双〟かよ。俺は今日初めてお前と会ったってのにな。みんな本当に蓮双が好きなんだな。

悲しくてバカらしくて、人外のゴタゴタに巻き込まれて慌てている〝人間の蓮双〟が凄く可哀相だ。

蓮双は唇を噛んで俯く。

「俺はお前らのことなんか知らないのに……」

「欠片が元に戻るときに、記憶をなくしたのか？　まあだったら仕方ねえな。とにかく俺のところに来いよ。白遠に見つからないうちにさ」

沙羅鎖が笑顔で右手を差し出してくる。

蓮双は首を左右に振った。

「なんで？　俺がこんなに下手に出てやってるのにっ！　こんなにお前を大事にしてやるって言ってるのにっ！　なんでお前……俺の気持ちがこれっぽっちも分かんないの？」

沙羅鎖が怒鳴った次の瞬間、周りの空気が一変した。

さっきまで蓮双の傍を歩いていた人間たちが、今は奇妙に迂回している。まるで見えない壁を避けるかのように。

「なあこれ知ってる？　結界ってヤツ。人間に注目されたいわけじゃないからな！　〝新界協力機構〟の連中に見つかりでもしたら厄介だし。白遠の住処にも近いからな。あいつに見つかったら俺、消滅させられちゃうし」

「白遠に発見されるリスクを冒して、こんな近くまで出てきたのか」

「だって……蓮双が見つかったって噂が流れてきたから。猫又の中に、口が軽い連中がいるみたいだな」

多分それは、口が軽いとか、そういうことじゃないと思う。

きっと、見つかって嬉しくてたまらずに、つい口から零れてしまった言葉じゃないだろうか。蓮双もそういうことがあるから、一概に悪いとは思えなかった。

「俺とさ、一緒に来いよ。大事にしていっぱい可愛がってやる。『白遠より沙羅鎖の方がいい』って言わせてやるから」

ここで「いやだ」と言ったら殺されるのだろうか。もしくは事実を話して、まだ〝蓮双〟になっていないと言ったら興味をなくすか。

沙羅鎖に視線を向けると、彼は両手に刺身包丁のような細い刀を何本も持っていた。よく見てみると、刀は掌から生えている。

あれで刺されたら痛いなんてもんじゃないだろうな。そういや、失血死って凄く苦しいらしいとどこかで聞いたことがある。そんな苦しい最期は迎えたくない……と思ったところで、蓮双は自分が握り締めている白遠のタテガミを思い出す。

「今度こそ俺を守るって言ったのに、嘘つき野郎」

白遠はいつも美味しいご飯を作ってくれるが、今は非常事態なので、これぐらいの悪態は許されるだろう。

「なあ、さっさと決めろよ。俺はあんま、気が長くないんだ、蓮双」

「お前と一緒には行かない。俺は白遠の作るメシが大好きなんだ！　知ってるか？　あいつは神獣のくせに俺が食べたいと言った料理をなんでも作ってくれるんだぞ？　ミートソースなんかトマトを潰すところから作るし、味噌汁の出汁だってかつお節や煮干しを使って作るんだ！　パンだって生地から手作りだし、ジャムだって……っ！　白遠の作るジャムの旨さは神級だ。涙が出るぞ！　昨日は真顔で『便利だから牛を飼おうか』とか言ったんだ！　さすがにそれは反対したけどな！　それくらい白遠は凄いんだぞ！」

蓮双は、沙羅鎖と一緒に行かない理由ではなく、白遠の料理の凄さについて語っている自分に途中で気づいたが、やめられずに語り終えた。

「……白遠は、そんなに料理が上手かったのか？」

蓮双の勢いに気圧されたのか、沙羅鎖はそんなことを尋ねる。

「凄いぞ」

だから蓮双もつい胸を張った。

「じゃあ蓮双は、俺が料理を作れないから、俺のところに来ないのか？　俺は料理なんてしたいと思わないけど、その代わり、お前を旨い店に毎日連れて行ってやるぞ！　それでいいじゃないか？　な？　だから、さっさと俺のものになれよ」

「…………いやだ」

「まだそう言うか」

沙羅鎖が纏っていた空気が、修行中の蓮双にも分かるほど真っ黒になった。

「手足を切り裂かれても、そんなこと言う？　俺はお前が生きて俺の傍にいてくれれば、それでいい。別にお前の手足なんかいらないよ、蓮双」

自分を見ている目が、人間の目でなくなっている。

殺気に満ちた妖怪の目だ。

「脅しかよっ！　つか、教えてやるからよく聞けっ！　俺は、お前が壊した蓮双の欠片の一つだ！　蓮双は九つの欠片となって散った。残りの八つは白遠が持ってるっ！」

沙羅鎖は何度か瞬きをして「は？」と素っ頓狂な声を出した。

「まだ欠片だって？　え？　なんで早く合体しないんだよ。おかしいよ蓮双。意味分かんない」

「お前もかよ！　うるせえなっ！　俺には俺の事情があるんだよっ！」

沙羅鎖は面倒くさそうに「だったらー……」と呟き、首を左右に傾げて思案する。

「欠片を拉致するより、欠片が合体して〝お前が知っている蓮双〟になるまで待った方がいいんじゃないか？」

「他の欠片って……蓮双みたいに喋ったり飯食ったりする？」

「するかよ。欠片なのに」

言ってから、失言だと気づいた。ここははぐらかすべきだった。もしくは、マンガのように突拍子もない設定を言うべきだった。

沙羅鎖は晴れやかな笑みを浮かべ「そっか！」と、嬉しそうに飛び跳ねる。

「お前は欠片を受け止める器なのか。だから蓮双の姿なんだ。まあ、俺たちの世界ではよくある話だね」

なんですと……っ！

蓮双は目を丸くして冷や汗をかいた。

「だったら俺、お前でいいよ。器だろ？　どんだけ体液をもらえば強くなれるか分かんないけど、それでも、欠片よりはマシだ。そんで、俺との思い出をいっぱい作っていこうね、蓮双」

「おい。今の俺は猫又じゃないんだぞ？　人外が見える人間に過ぎないんだぞ？」

「けどさ〝蓮双〟の器じゃん。早く体液を啜らせてくれよ……っ！」

言うが早いか、沙羅鎖の両腕が素早く動き、その長い刀身が蓮双の腕を切り裂こうと宙を舞った。

「何本の刀を使えば、お前のお守りは壊れるかな？」

避ける術を知らない蓮双は「これで終わりか」と唇を噛み締める。

すると、白銀の稲妻が結界を切り裂いて沙羅鎖の足元に落ちた。

沙羅鎖は吹っ飛び、蓮双は目の前の落雷で目も耳もうまく機能しない。ただ、しっかりと誰かに抱きかかえられたのだけは理解した。

「戯れはそれくらいにしておけ」

「白遠……っ！」

蓮双は白遠の首に両腕を回してしがみつく。

「遅くなってすまん。味噌汁の出汁を取るのに夢中になっていた」

「バカじゃねえの！　俺を守るって言ったじゃないか！　もっと早く来いっ！　つか、なんでエプロンつけてんだよっ！」

安全な場所にいるからこそつける悪態もある。

蓮双は白遠の首筋に顔を埋め、「来てくれて嬉しい」と囁いた。

もう大丈夫だと分かった途端に気が抜けて涙が出そうになる。

「沙羅鎖。よくぞ私の前に姿を現した。さっさと消し去ってやろう」

「はいはい、神獣様のお出ましですか！　ご丁寧に頑丈な結界まで張りやがって！」

「人間に被害が及ぶと、あとの始末が面倒なんでな」

「あっそ！」

神獣と妖怪では、妖怪に勝ち目はない。なのに沙羅鎖は不敵な笑みを浮かべた。

「まさか、ここから逃げられるとでも思っているのか？」

「俺？　逃げるに決まってんじゃん」

沙羅鎖はにっこり微笑んで、掌に生えていた刀を一斉に引っ込める。そして、パンツの中から小瓶を取り出した。

「これさ、〝かくりよの混沌〟」

蓮双は首を傾げたが、白遠は「それを使うか、ここで」と冷静に問いかける。

「だって、俺は俺が一番好きだもん。可愛いもん。だから、俺の命と蓮双の命を秤《はかり》にかけて悩むわけないじゃん？」

かくりよの混沌とはなんなのか分からないが、交渉の道具になっている。

「混沌は一瞬で広がるよね？　そしたら人間なんてすぐ死ぬよ。蓮双の場合は元の欠片に戻るって感じかな？　でも器まで欠片に戻ったら、いろいろと面倒くさそうだと思わない？」

交渉の道具となっているのは自分も同じだと、蓮双は唇を噛んだ。

白遠は無表情で結界を解き、沙羅鎖は笑いながら逃げていく。

「おい……白遠」

「怖い思いをさせてしまって申し訳ない。今夜のオカズはハンバーグだから、それで許してくれるか？」

ハンバーグと聞いて笑顔になりそうになったが、蓮双は首を左右に振って、「妖怪とか神獣とかの弱点とか嫌いなものとか、そういうのを教えろ」と食ってかかった。

「そういうことは藍晶の方がいい」

「俺は白遠から聞きたいんだっ！　あと、下ろしてくれ！　恥ずかしい！」

結界の中と外では時間の流れが変わるのか、外はもう真っ暗で人通りもまばらだ。だが、道行く人々は「お姫様抱っこ？」「男同士？」とこちらを注目している。

「いや、このまま部屋に戻る」

「だったら、さっさと〝時渡り〟しろよ！　これじゃ羞恥プレイだ！」

蓮双は顔を真っ赤にして怒鳴り、白遠は「すまん」と小さく笑って時渡りをした。


ふっくらジューシーなハンバーグを頬張った途端、蓮双は旨すぎて涙目になった。

なんで神獣がこんな旨いものを作れるのかと、逆ギレするほどの旨さだ。

コロコロと原型の残ったポテトサラダも、サクサクのエビフライも旨い。

「朝のサンドウィッチ用に、タルタルソースを作ってみた。あまり酸っぱいのは好きではないのだが……どうだ？」

スプーンで皿に盛られたタルタルソースを、エビフライにつけて食べる。サクッとしたエビフライに、ピクルスで酸味を出し、手作りマヨネーズと砕いたゆで卵がいいとろみ具合で絡みついて、とても美味しい。

「やっべ、これ旨い。凄く旨い。ピクルスなんて冷蔵庫にあったっけ？」

「供え物の中に小さなキュウリが何本かあったので、お酢とスパイスでピクルス液を作って漬けてみた」

素材があれば、なんでも作れてしまうんじゃないか。

蓮双は、白遠に感心した。

渾身の味噌汁もバケツで飲めそうなほど旨いし、神獣ではなくシェフとして第二の人生を迎えられそうだ。

しかし。

蓮双はすっかり食べ物に釣られたわけではない。

皿に残っていたハンバーグソースをパンで綺麗にぬぐい取り、口に運んでから、じっと白遠を見つめた。

「俺が後かたづけを終えたら、全部話してくれよ?」

「……お前は私が守るから、それに関しては」

「話してくれたら、一緒に風呂に入ってもいい」

「分かった」

素早い返答に、蓮双は呆れを通り越して笑ってしまう。

「エロ麒麟め……っ」

「愛しい者に対して性欲が湧くのは当然ではないか?　ん?」

「今度は開き直った」

蓮双は皿を重ね、トレイに乗せていきながら笑う。

「デザートもあるんだが？　洋梨を煮て、冷蔵庫で冷やしている」

「何それ旨そう。……ではそれを食べながら話を聞きましょうか！」

空の皿でいっぱいになったトレイを持ち、蓮双は鼻歌を歌いながら台所に向かった。


かくりよとは〝あの世〟のことで、人外であれば誰でも行くことができる。ただし人間は魂でしかそこには行けない。

万が一、生きたまま行くようなことがあったとしても、たちまち亡者に食い殺されてしまうだろうという場所だ。

白遠は温かなお茶と、洋梨のコンポートをテーブルに用意しながら、ゆっくりと語り始めた。

「しかしな、人外であろうと、そうそう簡単に行ける場所ではない。混沌に取り込まれる危険があるのだ」

「混沌って？」

「ありとあらゆる存在を呑み込んでしまう汚泥の海だ。神獣とて、混沌に捉えられたらただでは済まん。おそらく沙羅鎖には、手助けをする人外がいるのだろうな。混沌を入れておける小瓶は人間には作れない。どこからか盗まれたものだろう」

「そうね。それは私が調べてあげる。今の私は猫又一族の長。できないことはないわ」

気がつくと、祝湖がソファに腰を下ろして、丼に山盛りに盛られた洋梨のコンポートを優雅にフォークで食べている。

どうやら、いきなり訪問するのが彼女の癖のようだ。

そして白遠の結界は、蓮双の血族限定で甘くできているらしい。

「沙羅鎖が〝かくりよの混沌〟を持って現れたんですってね。だれがそんな知恵を貸したのかしら。霧山に属さない人外を片っ端から捕まえて拷問にかけようかしら」

振り袖の美少女は、愛らしい口から恐ろしい言葉を放つ。

「沙羅鎖と同じように、オス三毛の猫又を喰いたいと言っていた連中がいただろう？ そのうちの誰かだ」

白遠は祝湖にもお茶を入れ、ため息をついた。

「それなら心当たりはあるわ」

「それと、だ。祝湖。混沌が入っていたガラスの器には鳳凰《ほうおう》の印が刻まれていた」

「……やはり、そうであったか。一族の館に賊が忍び込んでな、なぜか醤油差しが一つ盗まれたのだ。なんの変哲もない形ではあるが、鳳凰の持ち物ともなれば、どんな御利益があるか分からんのだ」

聞き慣れない声がもう一つと思ったら、なんと美少女が二人に増えていた。しかも何やら美しく輝いていて、蓮双は眩しくて目を細める。

「玉桜《ぎょくおう》。いくら鳳凰の娘であっても、勝手に人界に来てはいかんぞ」

なんとおめでたい！　麒麟と鳳凰がここに揃った。

蓮双は口をぽかんと開けて、玉桜と呼ばれた美少女を見つめる。

「これはこれで、別の事件と思ったのだが……ほれ、縁というのは引き合うものであろう？　ならば今回の一件ももしや……と思ったのじゃ」

おっとりと言う玉桜に、祝湖が「はい、あーん」と言って洋梨のコンポートを食べさせる。玉桜は「美味じゃ」と笑顔になった。

「そこでな、白遠。父様たちが『封印組を解凍したらどうだろうか』と言っておった。蓮双の件があって、封印組は凍結されておったろう？　この前の〝赤飛《あかひ》の一件〟もある。一度霧山に戻ってみなと話し合ってはみんか？」

白遠はしばらく無言でお茶を飲んでいたが、玉桜に「今回の件を終結させてから」と言った。

「神々にもそう伝えてくれ。すべてを終わらせて、必ず蓮双と共に戻ると」

「霧山で婚礼をやり直すのね、分かったわ」

今、この祝湖ちゃんは何を言いましたか。俺の耳に間違いがなければ、「婚礼」と言いませんでしたか？

蓮双の目が丸くなる。

が、まだ隠していたことがあったのかと、白遠に怒りが湧いてきた。

「結婚式ってなんの話でしょうか、白遠さん」

蓮双が言った途端、祝湖が「あら失敗」という顔で口を噤み、まだコンポートが半分入っている丼を無言で白遠に手渡し、玉桜の手を取って時渡りした。

「逃げたな、美少女ども」

「記憶のないお前に、これ以上負担をかけるようなことは言いたくなかった」

「でも結婚って！　おい！」

「君の母上から渡された着物があっただろう？　あれは蓮双の婚礼衣装だ」

「え？」

母さんからあの着物を渡されたときに、無言で抱き締めてしばらく沈黙していたのか。

蓮双は「だから、あんな立派な着物だったのか……」と掠れ声になった。

「猫又一族の屋敷から麒麟一族の館に向かう嫁入り行列の途中でな……。悪さをする妖怪たちは殆ど捕らえられたはずだったのだが、逃げ出した沙羅鎖とお前が対峙した。私は間に合わなかった」

「そういう大事なことは、最初に言っておけよ」

「すまん」

「やっぱ……あれだな、とにかく沙羅鎖を倒さないとどうにもならねえってことだな！」

蓮双はお茶を飲んで喉を潤し、白遠に「な？」と同意を求めた。


こんなことだったら、「一緒に風呂に入る」と約束しなければよかった。

蓮双は脱衣所でしゃがみ込み、どんな顔して白遠と一緒に風呂に入ればいいんだと頭を抱える。

当の白遠は一足先に風呂場に入った。あからさまに浮かれているのが分かって、見ているこっちが恥ずかしかった。

脱衣所の棚の上には、欠片の入ったペンダントが置かれていた。

「俺、本当の意味で嫁になるところだったのかよ……」

「蓮双、早くおいで」

磨りガラスの向こうから白遠が呼ぶ。

この流れからして新婚夫婦みたいで恥ずかしい。

別に何も期待などしていないが、期待なんかするはずもないが、蓮双は顔を赤くしたまま、仕方なく風呂場のガラス戸を開けた。

湯船はともかくも洗い場はそれなりに広い。

白遠は石けんで泡立ったタオルを持って、蓮双を手招いた。

「なんだよ」

「洗ってあげるから、そこの椅子に座りなさい」

「え！　そんなのいい！」

「数百年ぶりに一緒に入る風呂だから……これくらいはさせてくれないか？」

薄幸そうに微笑んで「お願い」されると、罪悪感が割り増しされる。

ちょっとその言葉と顔は反則だと思うんだけど、俺！

蓮双は何も言い返せず、白遠に背を向けて椅子に腰掛ける。

「昔はよく、こうやって洗ってやったものだ」

「そっか……」

何も知らない蓮双に、白遠が思い出を語るのは仕方がない。親が子供にしてやるように、首から肩、腕が丁寧に洗われていく。もちろん白遠の筋張った長い指が蓮双に触れているのだが、それはむしろ心地よかった。

自分は覚えてなくとも、体が覚えていることもあるかもしれない。

「こんなふうに、お前の体を洗ってやれるようになるとはな……」

泡立つタオルが、脇腹から胸を丁寧に洗っていく。白遠の指先が蓮双の下腹から太腿へと流れ、そこに泡が流れていく。

いやらしい動きはこれっぽっちもないはずだ。

「あ、あのな……白遠」

「ん？」

「あとは、自分で洗えるから、さ。ほら、俺が白遠を洗ってやるよ！」

すると白遠は、背後から蓮双を強く抱き締め、「このまま、続けてはいけないのか？」と耳元で囁いた。

「だって俺、白遠が好きとか、寝たいとか……そういうの……ないし！　けど体は立派な成人男性なので反応するだろうし！」

「それで？」

「俺は……白遠の蓮双じゃないのに、このままじゃ気持ち的に浮気というか、もし俺が欠片を全部飲んで人間の頃の記憶をなくしたらさ、白遠は人間の蓮双と浮気したことになんだろ！」

ごめん、ホント、自分でも……何を言っているのかよく分かんないけど……。

蓮双は心の中で自分と白遠に謝罪しつつ、今の自分がどれだけ混乱しているかを伝えた。

「私の蓮双は、それを浮気と捉えないと思うが……そうか。お前がそう思ってしまうなら、これはどうだろう」

白遠は蓮双の耳元に「記憶がないのに私の傍にいてくれて嬉しいから、私に奉仕させてくれ」と囁く。

神獣が人間に奉仕したいだなんて、そう思っただけで蓮双の心臓は激しく高鳴り、体が熱くなった。

「そ、それ、は……っ」

「お前は快感を享受すればいいんだよ、蓮双。これは不実ではなく感謝だ」

神獣に言い負かされた。

でも相手は神獣だから仕方ない。蓮双はそう思った。

それに、実のところ、白遠に触れられるのは少しもいやじゃなかったのだ。

体の隅々まで洗われながら指先での愛撫を受け、蓮双は陰茎を何度か扱かれただけで達してしまった。

初めて他人の愛撫を受けるだけでなく、見られながらの射精に蓮双は恥ずかしくて涙目になる。

「こんなの……見るな、よっ」

「私は蓮双のすべてが見たいんだよ」

白遠の指が、萎えている蓮双の陰茎を再び弄《もてあそ》ぶ。

「そんな……まだ、無理……っ」

泡と精液の混じった、くちゅくちゅというういやらしい音が浴室に響き、蓮双は快感と羞恥に身悶える。

「白遠……っ……俺、初めてなんだから……っ」

童貞なのだから仕方がないが、この台詞は死ぬほど恥ずかしい。

白遠は「そうだったな」と低く笑い、一旦蓮双の股間から手を離した。

これで少しは落ち着ける……と思ったのもつかの間、白遠に顎を掴まれ、後ろ向きにされたと思ったら唇を押しつけられる。

「んっ」

薄く開いた唇の間から舌が入り込み、どう動いていいか分からない蓮双の舌を翻弄した。

キスがこんな荒々しいものだと知らずに、蓮双は口を開いたまま白遠に口腔を丁寧に犯されていく。

口の中に、快感を得る場所があることを初めて知り、蓮双の陰茎は瞬く間に勃起した。

「くる、し……っ」

舌を吸われて、ようやく白遠の唇が離れる。

「蓮双」

自分を呼ぶ白遠の声が、少し掠れていた。

自分を呼んでいるようにも聞こえたし、そうでないようにも聞こえる。白遠の声が、聞いていて切ない。

白遠が〝人間の蓮双〟を好いてくれたのであれば、「なんで人外に好かれるんだよ」と言いつつも、きっと、藍晶と康太のような関係になった気がする。

蓮双が白遠を好きになる理由が山ほどあるからだ。

ただ優しくて料理が上手いというだけじゃない。自分を思いやってくれるのが分かる。

けれど自分は〝器〟で、人として生きて問題ない生き物で、猫又ではない。

白遠に思いを寄せれば寄せるほど、辛くなるのは蓮双の方だ。

「また、余計なことを考えているな?」

白遠の唇が、目尻に押しつけられた。

やけに目の前が見づらいと思ったら、蓮双は泣いていたのだ。

「ごめん……俺……バカだな」

泣いても何も変わらないのに。

「蓮双……ほら、私に体を委ねてしまえばいい」

白遠の指が、蓮双の体をゆるゆると撫で回す。

ただ指先で撫でられているだけなのに、蓮双の口からは吐息が漏れた。どこを撫でられても体は過敏に反応し、気がつくと腰が揺れた。

まるで体が性器そのものになってしまったような感覚に、蓮双は椅子に座っていられずに床に足を投げ出して寝転んでしまった。

「これ以上、触られたら……俺……」

陰茎を扱かれるのとは違う、寄せては返す波のような緩やかな快感がもどかしい。

蓮双は気がつくと、白遠にすべてを見せつけるように脚を大きく広げていた。

「白遠……体の中が、なんか……んん……っ」

首筋を撫でられて、蓮双の腰が浮く。

すると陰茎はぴくんと揺れ、桃色の鈴口から先走りをとろとろと溢れさせた。

「可愛い蓮双。お前が感じる様をもっと私に見せてくれ」

白遠が蓮双に覆い被さり、キスをする。

口腔を舌で愛撫されながら、敏感な体を指先でくすぐられていく。

蓮双は気持ちよすぎて腰を何度も揺らし、白遠の陰茎に自分の陰茎を擦りつけた。

きっと白遠は、自分の蓮双と何度も同じことをしていたのだろう。愛撫で蕩けさせ、淫らな恰好をさせて、なおも指先で翻弄して蓮双を何度も絶頂に導く。

「俺……は初めてで……」

でも白遠が今まで数え切れないほど蓮双を抱いたのだと思ったら、無性に泣けてきた。

気持ちよくてたまらないのに、同じくらい悲しくて胸の奥が苦しい。

「蓮双、泣かないでくれ」

絶頂を促す愛撫に、体が震えて応える。

体中に指を這わされ、尻を優しく揉まれながら後孔を指先で撫でられて、甘ったれた声が出る。

何も考えずに、快感だけを追いかけられたらよかったのに。きっと妖怪ならば、そんなことも可能なのだろう。

「お前は忘れているだけなんだよ、蓮双。自分に嫉妬などしないでくれ」

白遠がそう言いながらキスを繰り返す。

そうかもしれない。けれど感情で理解できない。

今白遠の目の前にいる蓮双は自分なのだから、他の蓮双のことは言わないでほしいと、そう思って驚愕した。

「白遠……っ」

でも、言わない。言ってしまったら、きっと今までの生活をすべてなくすことになる。

なのに、白遠があまりに優しい声で「どうした？　蓮双」と言うものだから、つい「好きだ」と言ってしまった。

告白した蓮双はこんなにも苦しいのに、白遠は、今まで見たこともない素晴らしい微笑を浮かべて蓮双を見つめた。

湯船の中で向き合ったまま、蓮双は右腕で顔を隠してそっぽを向いた。

白遠はだらしない笑みを浮かべ、蓮双を見つめている。

「いつまでそうやって拗ねているつもりだ？　蓮双」

「別に、拗ねてない」

「だったら、私を見てくれ」

恥ずかしくて見られません。というか、俺は今、自己嫌悪でこの世から消え去りそうです。むしろ消えたい。

蓮双は視界が涙で滲むたび、乱暴に顔を擦って誤魔化す。

「私はね、蓮双。君が老いるまでずっと君の傍にいようと思う」

「そしたら、俺が死んだら妖怪の蓮双と末永く仲良く暮らすっていうんだろ？　白遠が好きなのは、俺じゃなく……っ」

最後まで言えずに、蓮双は涙を零す。唇を噛んで嗚咽だけは堪えた。

白遠にとって本当の蓮双が現れるまでの、ほんの繋ぎで惨めな存在なのだと、そう思ってしまうほど自己嫌悪に陥る。

彼はただ、自分に欠片を飲むことを無理強いさせたくないだけだ。分かっている。なのにどうでもいいことまで考えてしまう。恋心は本当に面倒だ。

ああちくしょうと、蓮双は心の中で己を罵る。

「蓮双。私はどちらの蓮双も〝私の蓮双〟だと思っている。姿も声も考え方も何もかもが蓮双なのだ」

「それも分かってる！　あんたがそういうことをいう神獣だっての分かってる！　俺が、あんたに我が儘を言って困らせてるっての、分かってるんだ……」

駄々を捏ねる子供と一緒だ。涙が溢れて止まらない。

白遠が無言で蓮双の腕を掴んで引っ張ったので、彼の膝の上に乗っかる恰好になった。

「な、なんだよ……っ」

「初めての恋の相手が私で、申し訳なかった」

なんでそんなこと言って、困った顔で笑うんだよ……っ！

白遠は悪くないし、蓮双もそれを分かっている。

「バカじゃねえの……？　なんで、そんなこと、言うんだよ……っ」

だが口からは悪態しか出てこない。

「本当に……」

「もういいって！　俺だってもうこれ以上グダグダと悩みたくないんだよ！」

こんなことなら、もっとこう、恋愛らしきものを体験しておくべきだった。

そうすれば、多少の問題はあっても、もう少し賢く対応できたはずだ。蓮双は、濡れた前髪をかき上げながら、心の中で早くも一人反省会だ。

「風呂場で怒鳴らなくとも……」

「男なのに泣いて恥ずかしかったんだから、仕方ないだろ！」

迷惑かけてごめんなさいと、そう言えればよかったんだけど。

蓮双は素直になれない自分を、またしても心の中で叱る。

「そうか」

だが白遠は、そんな蓮双の心中を察したのか、笑顔で頷く。

「簡単に納得しやがった」

「私は、蓮双が泣き止んでくれて嬉しい」

「それは……俺も……言いたいことが言えてスッキリした」

ようやく蓮双は、白遠を正面から見た。

湯船に浸かる美形は、見ていてときめく。

「そう言えば……沙羅鎖が、喰う代わりに体液を寄越せって」

ぴくんと、白遠の眉が上がった。

「どういうことだ？」

「喰ったらそれで終わりだけど、体液ならいくらでも喰えるって。俺に『白遠より沙羅鎖の方がいい』って言わせてやると言われた」

白遠がにっこりと微笑み「では蓮双に『白遠に気持ちよくしてもらわないとだめ』と言ってもらおうか」と言い出す。

「どうしてそうなるんだ？」

「神獣とて、嫉妬はする」

「エロ麒麟」

「なんとでも言えばいい」

「じゃあ、そのうち、白遠がびっくりするようなエロい台詞を言ってやるから覚悟しろ」

「すぐに恥ずかしがるお前に言えるのか？　そうだな……楽しみにしている」

尊大な麒麟の言葉に笑っていると、顎を掴まれてキスをされた。

「結局は、落ち着くところに落ち着いたってことか……」

今日は仕事が休みだからと、藍晶と康太が仲良く遊びにやってきた。

藍晶と白遠は、庭園の方で何やら難しい話をしているが、康太と蓮双はのんびりしたものだ。

「今思うと、白遠の大人っぷりに救われたというかなんというか……俺一人で空回わりして、思い出したくない出来事になった」

康太の作ったケーキを食べながら、蓮双は顔を赤くして笑う。

「そんなもんそんなもん。俺も最初は酷かったから。でもまあ、こうして藍晶と暮らすことができるって凄く大切なことなんだなと思う。泣いても笑っても、それが二人の思い出として積み重なっていく。だから俺は、俺が死んだあとの藍晶を心配したりしない」

そうだった。

白遠は、蓮双が死んだあとに再び蓮双と出会える。だが藍晶は、康太を亡くしたらそれっきりなのだ。

「ごめん……俺……やっぱガキで、恋愛に疎くて、なんなんだよ、もっとこう、人生経験を積みたい！」

「いや、こっちこそ重たいことを、前置きもなくさらっと言ってゴメン。泣かすつもりはなかった。どうしよう白遠さんに怒られる」

言われて気づいた。

蓮双は目に涙を浮かべていたのだ。

「うわー、俺も恥ずかしい。大丈夫、俺、愛って凄いと感動してるだけだから！」

蓮双が慌てて顔を拭ったところで、険しい表情を浮かべた藍晶と白遠が戻って来た。

「美形が二人で凄い顔してるぞ。何があった？」

康太は彼らにケーキを差し出して尋ねる。

「封印組の解凍が決定したことをこいつに伝えたら、勝手に怒り出した」

藍晶はケーキを受け取り、白遠を「こいつ」と呼んでため息をつく。

「なんだそれ」

「人外を取り締まる機関だ。俺が所長を兼任することになった」

「それって……あれか？〝赤飛〟みたいな連中を捕まえる仕事か？」

康太の表情が固い。藍晶は軽く頷く。

「その仕事で、俺に手伝えることは？」

「お前に手伝わせるわけがあるか！　相手は人外だ、絶対にさせん！」

「だって、どんな人外が出てくるか分からないってのに……なんの手伝いもできないで待ってるなんて、俺には無理だ」

頭ごなしに怒鳴られてしょんぼりした康太に、白遠が「私が補佐につく。だから安心していい」と諭した。

「じゃあ、俺も封印組に入る。この身は人間だけどさ、俺なら術が使えるし」

白遠がいきなり頭を抱えてその場に蹲った。

「こんなことになると知っていれば、何も教えずに可愛がっていた……だな白遠。しかしまあ、ガンバレ」

藍晶は小さく笑って友を励まし、しょんぼりしている伴侶を乱暴に抱き締めてご機嫌を取る。

「白遠はいい教師だから、俺は結界の張り方を完璧に覚えられたんだ。あと、簡単な払い方はもういいから、本格的な払い方を教えてくれ。術式の書き方は母さんから習ってるから、それの応用だろ？」

「蓮双……それ以上私を苛めないでくれ」

「へ？」

「……仕方がない。私と蓮双は常に一緒に行動する。絶対に離れないし、他の誰かと組むつもりはない。これでいいな？　藍晶」

立ち上がった白遠は腰に手を当て、藍晶に言い放つ。

「まあ、それが妥当だろうな。……それと、封印組解凍にあたって、封印指定の人外が現れた場合、霧山の里から睚眦と白虎《びゃっこ》が来ることになった」

「あの二人なら私は文句はない。ところで、どうして私抜きで話し合いが持たれたんだ？」

すると藍晶は肩を竦め「切羽詰まっていたようだぞ。そういう世の中になったんだろうさ」と言った。

「そうか。……で、お前たちは夕食は食べていくんだろう？　私が振る舞ってやるからリクエストをするがいい」

最後の偉そうなところは麒麟様だ。

藍晶は「魚料理」、康太は「煮物！」と声を上げ、最後に蓮双が「鶏の唐揚げ」と言ったところで、藍晶が「この俺に鳥を食えと！」と孔雀になって威嚇した。


供物の中にあった新鮮なスズキは、おろし醤油で食べる唐揚げになった。根菜は煮物に。そのほか、旨そうな豆腐は昆布を敷いた土鍋に入れて湯豆腐となった。

小さなテーブルでは料理が載らないと、これまた供物の絨毯を敷いて、そこにみな胡座をかいて座る。

白遠は「これを出す日が来たか」と言ってとっておきの日本酒を出してグラスに注ぐ。

「一つ言ってもいいか？」

「なんだ藍晶。不味いとは言わせん」

「違う。料理は旨い。俺が言いたいのは……どうしてこうも皿がバラバラなんだということだ。グラスもそうじゃないか。酒を飲むグラスぐらい揃えろ」

言われて気づいた。

蓮双は「一緒に皿を買いに行こう」と白遠に言っていたことを思い出す。

「だったら明日、買いに行こう。な？」

「そうだった……こんなふうに、長く一緒に住めるとは、最初は思ってもいなかったからな。すっかり忘れていた」

白遠は酒を飲みながらしみじみと呟く。

「今でこそそんな文句を言うけど、藍晶の住まいだって酷いもんだったぞ。冷蔵庫にチーズしか入ってないとか、グラスと皿は一つだけとか」

康太が「俺が勝手に揃えました」と笑顔で胸を張る。

藍晶は「それを言うな」と顔を赤くするのが可愛い。

「そっか……俺、今分かった。神獣って、実は凄く可愛い人外なんじゃないか？」

白遠と藍晶が激しく咳き込む横で、康太が「俺もそうだと思う！」と何度も頷く。

蓮双と康太の「神獣可愛い談義」は、二体の神獣が「頼むからやめてくれ」と頭を下げるまで続いた。


翌日。

いつものように供物の整理がすんだところで、白遠と蓮双は食器を買いに外に出た。

「白遠がじろじろ見られると、俺が焼くから」と言って、蓮双は白遠に薄手のニット帽を被せる。着るものも、ニット帽が似合うようにシャツにジャケット風のカーディガン、コットンパンツだ。足元は編み上げのブーツを履かせた。

蓮双は、ジャンパーにチェックシャツ、ゆったりめのパンツを穿き、白遠とお揃いのブーツを履いた。

「最初はどうなるかなと思ったけど……結構似合うな、麒麟さん」

「スーツじゃないと落ち着かない」

「慣れてくれ」

蓮双は笑顔で、白遠の手を引いて歩き出す。

傍目には、仲のいい兄弟に見えるだろう。

恋人同士に見えないのは悔しいが、それは仕方がない。

あらかじめ買うものをメモしておいたので、買い忘れはないだろう。

電車に一駅乗るだけで、デパートやお洒落な店が並ぶ街になる。

「柄のある皿がいいよな。明るい柄の大皿」

ここなら大概揃うだろうと、蓮双は白遠を引っ張ってデパートの食器売り場に向かった。

「ほほう」

白遠が釘付けになったのは、素晴らしいカッティングを施された有名メーカーのグラスで、お値段も素晴らしい。

「これで酒を飲んだら、さぞかし旨いだろう」

「でも、洗うの俺だぜ？　滑って落としても悔いのない値段のにしないか？」

神獣に安グラスを使えとは言えないが、それでも、使うたびに神経をすり減らすグラスはちょっと勘弁してもらいたい。

なのに。

白遠はいきなり店員を呼んで、そのお高いグラスを二つも買ってしまった。

「そういえば、財布を持ってるのは白遠だった」

「気にするな。私は蓮双と、お揃いのグラスで酒を飲みたかったんだ」

さらりとそんなことを言うから、蓮双は嬉しくて頬が染まる。

「特別な、二人だけのグラスだよ」

「それ以上言われたら、俺は死んじゃうからやめてくれ」

すると白遠は嬉しそうに微笑み、その顔を見た蓮双だけでなく、周りの女性たちの頬も朱に染めた。


買ったグラスは、やはり全部模様や大きさが違ったが、今度は系統が同じなので藍晶に「なんだこれは」と文句を言われなくてすみそうだ。

皿はなかなかいいのを見つけられた。

白遠はそれ以外に、トングや菜箸など、キッチン用品を揃えた。

蓮双は「包丁は？」と言ったら、小声で「素晴らしい逸品が供物にあるので、それで十分だ」と答えた。

二人はデパートを出てオープンカフェで腰を下ろすと、コーヒーを飲みながら次の予定を考える。

「どうする？　もう帰る？」

「私は……毛糸がほしい」

まさか編むんじゃあるまいな……と思っていたら、白遠は目を輝かせて「セーターを編んでみたい」と言い出した。

彼が器用なのは重々承知していたが、ここまでくるとは正直、蓮双は思っていなかった。

「冬になる前に作って、お前の母上に贈りたいと思っている」

「え？」

「蓮双がずっと私のところに住んでくれているから、そのお礼に」

「ずっとって……まだ一ヶ月？　ええと……二ヶ月は経ってないぞ？　大げさだ」

「私がやりたいのだから、やらせてくれ」

母さんに神獣の編んだセーターなんて贈ったら、嬉しさのあまり泣き出すんじゃなかろうか。もしくは、仕事の〝戦闘服〟に使いそうだ。うん、御利益ばっちりだと俺も思う。

蓮双は、そんなことを思いながら急に幸せな気持ちになって、「ありがとう」と白遠に言った。

「少々照れるな」

「思う存分照れてくれ」

「そうか」

白遠が微笑む。

やっぱり、そこにいるだけで絵になる神獣だ。長い脚を組んで椅子に座る姿も惚れ惚れするほどカッコイイ。

惚れた欲目だなんて言わせない。その証拠に、蓮双を通り越して白遠に注がれる女性たちの視線は物凄い。

「毛糸を買ったら……どうしようか？　まっすぐ帰るか？」

「俺？　白遠と一緒ならどこでも行くぞ」

すると白遠はこれまた嬉しそうな顔をする。

蓮双はずっとこの顔を見ていたい気持ちになった。

「では、お前の家に顔を出そう」

なぜ俺の家？　もしや母さんの寸法を測るためか？

でもまあ、いっか。蓮双は、母の好きな和菓子を買おうと決めた。


「いきなり来て、もし母さんが仕事でいなかったらどうするのよ」

母は突然の訪問に呆れながらも、蓮双たちを気持ちよく家に上げてくれた。

白遠はいきなり母の寸法を測り、その間に蓮双が勝手知ったる台所で湯を沸かす。

母は「あら」とか「まあ」と言いながら、白遠の言葉に頬を染め、「贅沢だわー」と体全体で、セーターができる喜びを表現した。

「どうせだから、晩ご飯食べていきなさい。ね？」

母はそう言って台所に引っ込む。

「作り方を学びたい」と言って、白遠がついていったのがおかしかった。

あれではまるで、姑と嫁だ。

蓮双はくすくすと小さく笑いながらも、いつのまにか座布団を枕代わりに居眠りをした。

うつらうつらしていると、台所から母の声が聞こえてくる。

「いい年をして未婚の母ではご近所に変な噂をされるって、母さんが変な気を回してしまってね、すぐに蓮双を連れて横浜に引っ越したんですよ。そこに、橘家の分家があったから。本当によくしてもらって……」

「小学六年のときにおたふく風邪を患って、ご飯が食べられなくて大変で……」

「当時は、私のような仕事は一つところに落ち着けなかったから、あの子には随分と寂しい思いをさせちゃって……」

母が昔を語るのは珍しい。

相手が神獣だから、饒舌になったんだろうか。

蓮双は寝返りをうち、母の昔語りを子守歌代わりにする。

「大学に行かせたかったんですけどね、その当時はよくないものがいっぱい見えちゃったみたいで、外に出たくないって泣くので、『じゃあ、このまま母さんの後を継ぎなさい』って言ったら、それから自信を持ってくれるようになったんですよ」

ああいやだな、あの頃のことを白遠に語ってるのか？

蓮双は半分寝ぼけながら、当時のことを思い出した。

母は「若い頃はそういうことがある」と言ってくれたが、外に出るたびに見たくないものが道に溢れ、母の仕事を知っていた友人たちには「気を付けろ」と言えたが、それ以外の人間を見殺しにしているんじゃないかと思い込み、毎日が辛かった。

自分は中途半端で何もできない人間だと後ろ向きになりそうだったときに、母に笑いながら「あんたは私の後を継ぎなさい」と言われて、それで世界が変わった。

あのときのことを、母さん……軽く言いすぎ。俺は凄く悩んだってのに。

寝ながら笑いがこみ上げてくる。

白遠が何か言ってるな……と蓮双は耳をそばだてる。

「蓮双は、伴侶として私が生涯を共にします」

そうか…………えっ！

蓮双は物凄い勢いで起き上がった。

そして、這うようにして台所に行く。

「あらー、起きたの？　蓮双」

「あ、う、うん。起きた！　なんだ、夢か。俺……変な夢を見たみたいだ」

いつもと変わらない母の笑顔に、蓮双はホッと胸を撫で下ろす。

だが。

「神獣を伴侶にするなんて、さすがは私の息子ね！」

「うわあぁぁっ！　なんでそんなこと言うんだよーーっ！　白遠も勝手に言うなバカっ！」

蓮双は両手を頭に当てて、声の限りに叫んだ。

「今度は白遠さんの手料理を持ってきなさいね。母さん、嫁の料理を食べるのが夢だったのよー」

結局、玄関で靴を履くまで蓮双は母にからかわれ続けた。

白遠は「私が嫁とは……」と小さく笑ったあとで、「ぬか床は継承しよう」と一人で勝手に決めた。

「俺んちがな、一般家庭と違っていてよかったと思うよ？　白遠」

「ふむ」

「普通なら……普通って今一つ分かんないけど……まあ、ドラマに出てくるようなうちだとな、息子がホモになったら家族はとんでもないことになるもんだ」

「だから人間は面倒だ」

「でも俺、面倒だけど人間が好き」

「そうだった。では私は、蓮双とお前の母上だけを好いていよう」

「違う。俺のは、愛してる。だろ？」

たまには自分から言ってやろう。照れくさいけど、夜だし月は出てるしムードあるし。

蓮双は「へへ」と笑顔を見せたが、白遠は真顔で「よし、セックスだ」と言っていきなり時渡りをした。

何を考えたのか着地した場所はベッドの上で、蓮双は食器が割れないよう死守するので精一杯。

「ちょっ！　待てよ、白遠！」

蓮双は、抱きついてこようとする白遠を必死に押しのけ、食器の入った袋をそっと床に置いた。

「私はもう待たんぞ蓮双。あの中途半端な触れ合いからどれだけ経ったと思う？　約一ヶ月だ」

「え？　そんな経ってないだろ？　二週間かそこいら……」

「私の中では〝一ヶ月〟だ」

白遠は帽子を剥ぎ取り放り投げる。白い髪がふわりと立ち上がって、白いヒヨコのように見えた。

「俺。風呂に入って……」

「そのままでいい」

白遠は物凄い勢いで蓮双を押し倒し、その耳元で「お前の匂いが消えてしまう」と囁く。まるで獣だ。そういえば、神獣には獣の字が入っている。

「だったら、服、脱ぐから……っ」

「私が脱がす。お前は処女と同じなのだから、私に任せておけ」

確かにそうではあるが、わざわざ声に出されると恥ずかしい。

蓮双は目尻を赤く染めてそっぽを向いた。

「羞恥はすぐさま快感へ変わるぞ、蓮双」

「ちょっと……今の白遠はケダモノっぽくて、その……」

「これでも、タガが外れないように辛抱しているんだが……そんなに恐ろしいなら、やめようか？」

「なんで……やめようなんていうんだよ……っ！」

蓮双は白遠の首にしがみつき、「最後までやれよ。俺をうんと気持ちよくさせろよ」と悪態をつく。

言ってしまった。この前のように、途中で終わることはないだろう。

「俺たち、こういう巡り合わせなんだ。だから……っ」

白遠が蓮双の死を看取るまで共にいるか、蓮双が欠片を飲む事態が起きるか、どちらに転ぶか今は分からない。

けれど蓮双は、白遠のために自分ができる精一杯をしてやりたいと、そう思った。

だから今は、期待と不安で胸をいっぱいにしたまま、神獣にすべてを委ねる。

靴を乱暴に脱がされ、上着を脱がされ、シャツのボタンを外されたところで、白遠が噛みつくように口づけてきた。

キスだけなら何度もしたのでやり方はもう完璧だ。

口を開いて舌を絡め合い、互いの口腔を愛撫する。息継ぎは下手くそでも、白遠はそれが「愛しい」と言ってくれた。

中に着たタンクトップ越しに胸を撫でられ、それだけで息が上がる。

下肢も張り詰め、下着の中が先走りで濡れているのが分かった。

「あ、あ……っ」

耳を甘噛みされて体が跳ねる。

「蓮双……」

熱い吐息に耳がくすぐったい。

白遠の指が下肢にかかり、パンツのボタンを外される。

「腰を上げてくれ」と囁かれて言う通りにすると、すぐに下肢が涼しくなった。

「もうこんなに感じているのか？　蓮双」

白遠の嬉しそうな声を聞き、蓮双は「そうだ」と声を上擦らせて答える。

下着の上から、指先で勃起した陰茎をなぞられると、先走りの染みが広がっていく。

「それだけかよ……っ」

「口が悪いぞ」

白遠は嬉しそうに目を細め、蓮双の下肢ではなく胸に顔を埋めた。

タンクトップの上からの愛撫はもどかしく、強く噛まれても甘い痺れが体に広がる。

「そこ……気持ちよく、ない……っ」

本当は、ちょっと妙な気持ちになっているが、乳首が感じるなんて女みたいで、蓮双は言いたくなかった。

なのに白遠は、今度はタンクトップをたくし上げて、直に乳首に吸い付く。

「ひ……っ」

乳輪ごと吸われ、舌先で乳首を転がされ、もう一方は指先で嬲《なぶ》られる。つままれ、弾かれては、くにくにと先端を揉まれて、蓮双は白遠の髪を掴みながら「いやだ」と首を左右に振った。

下着はもう、先走りで陰茎の色さえ透けて見える。

「少女のような胸の膨らみだな。もう少し大きくなってくれると、私は嬉しいんだが」

十分膨らんだ乳首を旨そうに舐めて、白遠が感想を呟くが、蓮双は「そんなん恥ずかしい」と顔を赤くした。

乳首を弄られて気持ちよくなることにまだ罪悪感があるのに、ここがもっと膨らんだ姿など想像できない。

「泣かなくていい」

「だって、俺……ここを弄られて、こんな気持ちよくなれるなんて、知らなかった」

「だから私が、何もかも教えよう」

蓮双は白遠に体を起こされ、ベッド上にぺたりと座り込む。

「胸を反らして。どんなふうに愛しているか、見ててごらん」

言われた通りにすると、白遠が乳首に吸い付き、彼の左手がもう片方の乳首をつまみ上げる。

白遠の指が器用に動き、蓮双の乳首を愛撫している。擦り、つまみ上げては引っ張る様子を目の当たりにして、蓮双の息が荒くなった。

「白遠……っ」

そんないやらしく指を動かされたら、俺もうおかしくなる……っ。

指だけではない。自分の乳首を吸っている白遠の唇から舌が覗き、すっかり硬く赤くなった乳首を舐めたり突いたりしているのが見える。

「だめ……っ……白遠……っ、だめだ……っ」

蓮双は白遠の頭を両手で抱きかかえ、「もう許してくれ」と洟を啜った。

快感が体の中を駆け巡り、どう放出していいか分からない。

「白遠……俺……出したい……出したいよ……っ」

蓮双はそのまま仰向けに倒れ、両足で白遠を挟み込む。

「どんなふうに射精したいんだ？　蓮双。指で扱かれたいのか？　それとも、お前の可愛い一物も、私が舐めてやろうか？」

白遠が嬉しそうに聞いてくる。

蓮双は「舐める」と言った彼に一瞬どきりとしたが、それを白遠にさせたくないと思った。自分がするならいい。だって白遠は神獣だから。

だが神獣にそんなことはさせてはだめだと思っている。

「いや、その……白遠の……指で……してほしい」

「分かった。私に舐めてほしいんだな？」

「そんなこと言って………ひゃ、ぁ、あ……っ」

慌てる蓮双の股間に、白遠は嬉々として顔を埋めた。

下着越しに陰茎を甘噛みされて、蓮双は快感の声を上げて脚を開く。

「そんなっ、だめだって……っ、俺、白遠にそんなこと……っ」

震える手で下着を下ろされないよう抵抗したが、白遠は少々強引に、蓮双の下肢から下着を奪った。

焦げ茶色の体毛も興奮して膨らんだ陰嚢《いんのう》も、先走りでとろとろに濡れている。

「私に舐めてほしくてひくついているよ、蓮双」

そう言いながら、白遠は濡れた陰嚢を指で掬う。

「あっ、それ、だめだ……っ」

陰嚢を指で優しく弄ばれていくうちに、快感で腰が浮いた。すると溜まっていた先走りがぬるりと会陰を伝わり、後孔まで流れるのを感じる。

「ん、んんっ」

「気持ちいいなら声を出しなさい」

「けど……っ、ここが気持ちいいなんてっ、はっ、恥ずかしいっ」

陰茎を扱く自慰で十分だった蓮双は、そこ以外で感じることを恥じている。

だから気持ちがいいのに唇を噛んで我慢してしまうのだ。

「この瑞々しい体を調教していくのも、楽しみの一つということか」

「なんだよ、それ」

「蓮双をうんと気持ちよくさせてやるってことだ」

白遠の声は優しいが、彼の指は意地悪く蓮双の下肢を責め始めた。

右手で陰嚢を優しく揉みながら、左手は会陰から後孔へと指先で押し撫でていく。

「んっ、あっ、あぁっ……あっ」

会陰を強く押されると、下腹が快感でカッと熱くなり、体の中で何かが弾けそうになる。

「白遠……っ、もう……そこ、弄らないで……っ、こっち、俺……ここが……いいっ」

蓮双は陰茎を掴み、白遠が見ている前でゆるゆると扱き出す。

「可愛い蓮双。ほら、私が見ている前で自慰をしなさい」

「あっ、あ、見て、俺……言われた通りに……っ、扱いてるからっ」

白遠がよく見えるように大きく脚を広げ、陰嚢と会陰を嬲られながら陰茎を扱く。

「ん、んんっ……白遠の指が……気持ちいいっ」

自分が扱くタイミングに合わせて、白遠の指が陰嚢を揉み引っ張る。後孔に入れられた指が突き動かされる。その異なった感触がよくて、蓮双は甘い声を上げて射精した。

半勃ちの、まだ完全に精液が出きっていない陰茎を白遠に銜《くわ》えられて強く吸われる。

蓮双は強烈な快感に悲鳴を上げ、背を仰け反らせて二度目の絶頂に達した。

「も、だめ、本当にだめっ、そんなことしちゃだめだっ、白遠っだめぇっ」

音を立てて陰茎を吸われ、舌で丁寧に舐められた蓮双は、両手で顔を覆って「だめだ」を繰り返し、白遠の劣情を煽っていく。

ようやく白遠の唇が離れた陰茎を、蓮双は両手で覆って「これ以上弄られたら、俺、おかしくなる」と拗ねた。

「神獣の情は激しいんだよ、蓮双。私は、もっともっとお前に触れたい」

「だったら……なあ、もうさっさと……俺の中に……入ってくれよ。体の中、火がついたみたいに熱くて、変なんだよ」

「蓮双……」

「俺の中、滅茶苦茶にさ、か、掻き回してっ、元に戻してくれよ……っ」

「その可愛い声で、もっとねだってくれ」

「白遠の……その太いヤツを、俺の中に突っ込んでっ。でも俺初めてだから……、その、怖いからさ、あんまり乱暴にしないでくれよ」

「処女を犯す一角獣の気分だ。素晴らしい」

「痛いのは……勘弁してくれ」

「分かっているよ、蓮双。お前には、快感で我を忘れてもらいたいんだ」

こういうときに、その優しい声で言われるとたまらない。

蓮双は安堵の吐息を漏らし、白遠に下肢を委ねる。

慣らされ先走りで濡れた後孔に、ゆっくりと時間をかけて白遠が入ってきた。

「かは……っ」

苦痛よりも圧迫感で恐怖を感じつつ、蓮双は白遠の腕に爪を立てて、堪える。

「私が入って行くのが分かるか？　蓮双」

「ん。分かる。なんだろう、凄く嬉しい」

一つになれたことが嬉しくて涙が溢れる。

「白遠……っ」

蓮双は白遠に抱きつき、泣きじゃくった。子供みたいで恥ずかしいが、相手が白遠なら構わない。

「蓮双」

白遠の声は、嗄れて震えていた。

二人は強く抱き締め合い、しばらくは、一つになった快感を分かち合う。

「頼むから、……本当に頼むから、蓮双。二度と私から離れないでくれ」

白遠の切ない声が、蓮双の心を満たしていく。

突き上げられ、快感に声を嗄らしながら、蓮双は何度も頷き、白遠の背に幾つもの爪痕を残した。


「もう、俺……死にそう。つか……妊娠、する」

蓮双の中に放たれた白遠の精液が、白遠が動くたびに後孔で泡立ち、いやらしい音を響かせる。

「孕《はら》んでくれたら嬉しい」

「バカ……っ、あ、あぁ……そこ、突かれたらっ、俺また……イっちゃうっ」

体の中のもっとも敏感な場所を、白遠は集中して突き上げてくる。

蓮双はここですでに二度絶頂にいたり、射精を伴わない快感に身悶えて歓喜した。

「お前がそうやって快感に浸る姿は本当に可愛らしい。ほら、もっとだ、蓮双」

押さえ込まれ、突き上げられ、白遠に見下ろされながら長い絶頂の波に呑まれる。射精と違って終わりが見えてこない快感に、蓮双は「いやいや」と子供のような声を上げて、白遠が求めるまま、あられもない言葉を口にした。

「私も……もう、最後、か」

「んん……っ」

白遠が射精したのが分かった。蓮双の体の中に熱い迸りが流れ込んでくる。

「なあ……」

「ん？　なんだい？」

「俺の中に入ったまま……何度もできるなんて、神獣って凄いな……」

蓮双は本当に感心したから言ったのに、白遠は「ぷっ」と噴き出し、体を震わせて笑い始めた。

「なんで笑うんだよっ！　俺、そんな変なこと言ってねえっ！」

「あまりにも可愛らしくてな。……そんなことを言うから、ほら、もう終わりだと思ったのに、この通りだ」

白遠の陰茎が、蓮双の中で硬さを取り戻し、ゆるゆると動き始めた。

「や、ホント、俺……もう、だめ……っ……麒麟って絶倫なのか？　おい！」

だめだと言うのに、今度は陰茎まで握られ、鈴口をくすぐられて声が上擦る。

「俺もう、何も出ねえよ！　あっ、あ……っそこ弄ったら漏れる……っ！」

気持ちよくて漏らすなんて、ありえない。

蓮双は恥ずかしくてたまらないのに、彼の陰茎は白遠の手の中で硬くなっていく。

「やめろよ、おいやめてください！　麒麟さんっ！　こんなことさせんなって！　ああっ、だめ、白遠っいやだっ、だめ、出ちゃうっ、漏れちゃうからっ！　ベッド汚すのやだっ、白遠のこと嫌いになるぞっ！」

最後の言葉が効いたようだ。

白遠は悪さをピタリとやめ、よしよしと宥めるように蓮双を抱き締める。

「すまん。調子に乗りすぎた」

「まったくだ！　このまま、普通に気持ちよくなってろ！」

「はい」

「だから、その……一緒に気持ちよく、なろう」

「愛しているよ、蓮双……！」

白遠は蓮双を抱き締め、優しいキスを何度も落とした。

「俺も、白遠が大好き……っ」

ちょっと突っ走るところは、さすがは麒麟だと思っていてやる。それ以外は、俺には過ぎた伴侶だ。

蓮双は白遠の優しい愛撫に声を上げながら、絶頂の波に意識を手放した。

白遠の編んでいるセーターは、もう前身頃が完成した。

毛糸が太くて面白い色をしているからと、編み目は〝一目ゴム編み〟という単純なものらしい。

「母さんのが編み上がったら、俺のも編んでくれる？」

「そのつもりだ。ちゃんと三毛模様に編んでやる」

「なんだよそれ」

蓮双は白遠の膝に頭を乗せ、そのまま寝転がる。

ソファの上では足は半分外に出てしまうが、この恰好が気持ちいいと分かったのでやめられない。

「そろそろ風も冷たくなったし、暖房を入れようか」

「それは凄くありがたい。俺、熱いのは平気だけど寒いのはホント……苦手」

「そうだろうとも。では、夕飯はシチューにしようか」

「次の日はドリアな？」

「余っているミートソースを使って、交互に重ねてラザニアもいいと思うが」

「何それ、凄く旨そう。ヤバイな俺……白遠に心臓どころか胃袋も掴まれた」

テーブルの上のノートパソコンは、康太から借りたDVDを再生している。

随分昔の映画のようだが、音楽がいいのでラジオ代わりに流していた。

「凄くのんびりしてて……こんな幸せでいいのかな？」

蓮双は、白遠が首からぶら下げている欠片のペンダントを見上げながら、そう言った。

不思議なことに、白遠と繋がってからは、欠片のペンダントは不愉快なものではなくなっている。

「私は満足しているが、蓮双は退屈か？」

「ううん。けどほら、何も終わってないから」

逃げた沙羅鎖がどこにいるか分からない。

あれが危険な妖怪だというのは、蓮双にもよく分かっていた。

「私に任せておけばいい」

「俺、本格的な払い方を早く教えてもらいたいんだけど。教えてくれないなら、母さんのところに修行に行くぞ」

「勘弁してくれ、蓮双」

白遠は編み物をテーブルに置き、蓮双の頭を優しく撫でながらため息をつく。

「お前に払い方は向いていない」

「だって俺、封印組に入るし。白遠だっていいって言った」

「封印組に入れないとは言っておらん。お前は結界を張ることに特化している。だから、そっちに力を入れてほしい」

「派手な仕事は人外任せってことか」

人外だらけの封印組に入るのなら、それは仕方がないかもしれない。

けれど蓮双は、少しでも白遠の力になりたいと思った。

「結界が強固であればあるほど、それに守られて戦う私たちは有利になるのだよ。だから蓮双には私を守ってほしい」

「ホントか？　俺に気を使ってない？　ホントに俺、白遠を守れるようになる？」

「本当だ」

「そっか……だったら……嬉しいな。頑張って、もっと強い結界を作れるようになろう」

蓮双は白遠の膝に甘えて、照れ笑いする。

「そのうち毎日が忙しくなるぞ。今のうちにたくさん甘えてくれ」

「そうね。私もそれがいいと思うわ、兄様の欠片」

まただ。

目の前に振り袖を着た美少女・祝湖が立っている。

「今度はなんだ、祝湖」

「沙羅鎖の仲間を見つけたわ。でもごめんなさい。私ったらバカ力だから、ちょっと押さえつけたら消滅してしまった」

多分、ワザとだろ。絶対に、くいってひねり潰したんだろ。

蓮双はそう思ったが、口には決して出さなかった。

「それでね、潰す前にいろいろ話が聞けたの」

「ほう」

「腹の立つことに、兄様を共同で飼うって話よ。本当に腹が立つわ。猫又をなんだと思っているのかしら。そりゃあ兄様は毛並みはよくて強くて、でもちょっぴりドジだけどみんなに愛されていた猫又だから、自分のものにしたいって気持ちは分からなくもないわ」

俺はまったく分からない……というか、白遠が物凄く怒ってる！

蓮双は慌てて体を起こし、冷静な顔で両手の拳を握り締めている白遠の、強ばった腕にしがみついた。

「うちの一族も、そりゃあ激しく怒ったわ。あり得ないほど怒ったわ。兄様は猫又一族のアイドルなのよ？　仕方なく白遠に嫁にやることにしたけれど、それでも猫又一族であることには変わりない。それを、飼うですって！　首輪をつけて鎖で繋いで、口では絶対に言えないことをあれこれさせちゃうに決まってるわ！」

「しゅ、祝湖ちゃんが怒ってるのは分かったから、だからね？　もっと簡潔に言ってくれ」

「祝湖と、呼び捨てにして。兄様はいつも私を呼び捨てにしてくれた」

「分かった。祝湖、頼む。簡潔に言え」

「し、仕方ないわね！　言ってあげるわよ。……とにかく、沙羅鎖の仲間は全部で三人。そのうち一人は私が殺しちゃったでしょ？　もう一人はなんと麒麟の一族が見つけて踏みつぶしたらしいわ。『うちの孫の嫁に何をする』って怒ってたって。雷いっぱい落ちたって。白遠のお祖父様って凄いわね」

祝湖はにっこり笑って言葉を続ける。

「残る一人は、なんと山神様のところに自首してきたわ。消滅するくらいなら封印される方がましだって。自分は騙されたから情状酌量の余地があるって。チームワークがなってないわよー。でもそいつ、鳳凰の御屋敷を荒らして醤油差しを盗んだ張本人だから、多分、サクッと封印されるんじゃない？　何百年封印されるか分からないけど」

結局、一番厄介な沙羅鎖だけが残ったということだ。

蓮双は「沙羅鎖の居場所を捜すには、俺が出て行くしかないな」と呟き、その場の空気を凍らせた。

「何をふざけたことを言ってるの！　そんなの、私が許さないっ！　やっと再会できた兄様なのよ？　喩え欠片であっても、こうして会話できるなんて奇跡なのよ？　そんな恐ろしいことは絶対にさせないっ！」

「いっそ、蓮双には麒麟の屋敷にいてもらおうか。その間に私が沙羅鎖を捜し出し……」

「俺は白遠と離れない。それに、沙羅鎖はズル賢いんだ。白遠が罠にはまったらどうすんだよ。神獣だって、多分罠にはまるぞ？」

「蓮双！」

いきなり白遠に抱き締められて、蓮双は「ふぐっ」と呻いた。

「麒麟の御屋敷は、今は門番だけよ？　あなたのお祖父様があんまり腹を立てて、一族郎党を率いて沙羅鎖を捜しに行ったわ」

「…………お祖父様」

白遠は深く長いため息をつき、「大事にしすぎる。神獣の格がない」と嘆く。

「みんな白遠を心配してくれてるんだな」

「お前を心配してるんだよ。……欠片を捜す旅に出るときも、私の伴侶だから私が捜すと言って、それで話はおさまったはずだったのに」

「あら。そんなの当然じゃない。あなたが兄様の欠片を捜し終わるのに、何百年もかかったからでしょ？　しかも、ようやくすべてを捜し当てたと思ったのに、再び破壊の危機と、拉致監禁の話を聞かされたら、そりゃあみんな黙っていられないわよ」

祝湖は「猫又一族も、若い連中はみんな出払ったわ」と言った。

「なんか、俺のせいで大事になってる？」

「だいたい合っているから、何も言わない。だって、オスの三毛模様の猫又は、長い猫又の歴史の中でも、兄様一人しかいないんだもの。そりゃ貴重でしょ。みんな大事にしようって思うでしょ」

白遠はうんうんと頷いている。

「それにね……やっぱり……妖怪同士で殺し合うっていうのは、気持ちのいいものじゃないわ」

祝湖は最後に「私も沙羅鎖を捜すために、しばらく人界に住むわ」と言って、時渡りをした。

「みんなが沙羅鎖を捜してる。あいつと少し話したけど、なんかよく分からないヤツだったな」

「分かり合えたら、お前を捕まえて飼うなんて話は出さないだろう」

「俺もみんなと一緒に捜しに行きたい。白遠、一緒に行こう。な？」

「気持ちは分かるが、しばらくは麒麟と猫又の一族に任せておこう。追い詰められて正常な判断ができなくなったところを、私が踏みつぶすか、落雷で黒焦げにするか……」

白遠は「ふふ」と小さく笑い、再び編み物に取りかかる。

蓮双は白遠に凭れて、「神獣って怖いな」と呟いた。


それからというもの、白遠の元には様々な情報が入ってきた。

それをまとめるのは蓮双の役目で、付箋やメモを駆使しながら、ノートパソコンに沙羅鎖の居場所をまとめ上げる。

「麒麟が結構頑張ってるな。けど、なんだろう、このプライドの高さと頭の固さで裏をかかれてるって感じか。猫又の方は柔軟性があるけど、〝かくりよの混沌〟を出されてみんな逃げた。さて……」

蓮双は、両身頃を編み終えた白遠に、「このあとは？」と声をかけた。

「そうだな。そろそろ追いつめに行こう。場所は把握している」

そして、「戻って来たら両袖を編む」と付け足した。

「俺、待ってた方がいいんだよな？　ここにいれば安全だもんな」

「そうしてくれ。それと、どんな電話があっても、誰が呼んでも、絶対に外には出ないこと。お前の母上が捕まってしまったという話をされても動じるな。康太が、人質を殺すと脅されて人外に捕まり、藍晶が苦戦した過去がある」

「康太さんが？　けど白遠。人質を取られたら俺だって……」

「お前の母上は、沙羅鎖に捕まるような人間か？」

違う。母さんならきっと裏をかく。

蓮双は首を左右に振る。

「お前はお前のことだけを考えて、私が帰ってくるまでここで待っていろ。いいな？」

「分かった。気を付けて」

「私を誰だと思っている？」

「麒麟だ」

「その通り」

白遠は目を細めて蓮双を見つめ、ちょっと頬に唇を押し当てて時渡りをした。

ビルの屋上で己だけに結界を張り、人間たちから姿を消すのは簡単なことだ。

白遠はパンツのポケットに手を突っ込み、短い髪を靡《なび》かせて眼下の敵を睨み付ける。

「なんだお前、その恰好は」

そこへ藍晶が現れた。

彼はスーツだが、白遠はシャツにパンツ、そしてエプロンをつけていた。

「家事の途中だっただけだ。そっちはどうだ？」

「あとはこっちで行うと言ったら、麒麟の爺様たちが怒ってな。宥めるという名目で、康太を派遣した。あいつは人外の話を聞くのが上手いから、爺様たちには可愛がってもらってるだろう」

「ふん。人間の伴侶に何か遭ったら困ると、麒麟の群れで守らせているのか」

すると藍晶は「当然だ」と悪びれもせず言う。

「そっちこそ、蓮双はどうした？」

「私の結界の中にいれば安全だと、言い聞かせてきた」

「康太が罠にかかったときの話はしたか？」

「した。心配はいらない」

ビル風の隙間を縫うように、赤い影がちらちらと見える。

「アレが、沙羅鎖だ。こっちを挑発してやがる。お前を見つけて喜んでるぞ」

「私も喜んでいるさ。捕まえたら蹄で踏みつぶしてやる」

「睚眦と白虎の出る幕はなしか？　一応は、呼んでおいたんだが」

「もう呼んだのか？」

白遠が後ろを振り返ると、そこには長い黒髪をボサボサにした睚眦の氷翠《ひょうすい》と、白い短髪の白虎の息子、黒桃《くろもも》がいた。

彼らの婚礼には白遠も参列したが、あの頃よりまた随分と大人っぽくなって落ち着いたものだと感心する。

「白遠さん久しぶりです」

二人は礼儀正しく挨拶をしてから、挑発的な赤い光に視線を移した。

「アレを捕まえるんですか？　しかし……捕まえるよりは」

「封印するにはすばしっこい。倒した方が早いな」

思案する氷翠の横で、嫁の黒桃が言った。

「二人には悪いが、アレを踏みつぶすのは私の役目だ。サポートに回ってもらう」

「構いません。しかし……神獣たちが集まって狩るのが、沙羅鎖とは。彼の矜持を刺激できるよう、格の高い刀身の九十九神を連れてくればよかったですね」

氷翠の言葉に、黒桃が「えげつないことを平然と言うよな、お前は」と小さく笑う。

「いや、でも……戦うなら楽しい方がいいでしょう？」

白遠は「さすがは睚眦だ」と笑う。

藍晶は呆れてため息をついた。

「さて、と。お前ら二人で、沙羅鎖を適当に追い詰めてこい」

藍晶の号令で、氷翠と黒桃が宙を舞う。

そのまま睚眦と白虎の本体に戻ると、宙を蹴って沙羅鎖に突撃を始めた。


「いや、だから俺は大丈夫だって！　それより母さんだろ？　家の結界は完璧か？　俺？　白遠の結界だぞ？　麒麟の結界を誰が壊すんだよーもー。そんじゃな、また今度」

何やら胸騒ぎがするのよと、母からいきなり電話が来た。

まさかと思い、自分たちしか知らないことを母に聞いたらちゃんと答えてくれたので安堵した。正真正銘の母の相手を十分もした蓮双は、ふうとため息をつく。

何か温かいものでも飲もうと腰を上げたのもつかの間、再びスマートフォンに着信音が鳴り響いた。相手は康太だ。

「はいよ！」

『ごめん。ちょっとさ……麒麟に囲まれて井戸端会議の最中なんだけど……みんなに蓮双の声を聞かせてもいいかな？』

「ん？　あー……ええ、いいですよ」

今度の電話も本人のようだ。

しかし、麒麟の群れにいるとはどういうことだろう。

「俺、何を話したらいいんですか？」

康太のスマートフォンがスピーカーになったようで、自分の声が遅れて聞こえるのが不思議な感じだ。

それと同時に「おお！」とどよめく声まで聞こえた。

『みなさん、蓮双の声が聞きたいって言うものだから、本当に、忙しいところをごめん』

康太の背後で「蓮双の声じゃ！」「可愛い猫又ちゃん！」と言っているのが聞こえる。

「いや、白遠の一族の話なら、俺も祝湖から聞いてるので、大丈夫。けど俺の声でいいのかな?」

すると「いいに決まっておる!」「お前は可愛い嫁だ!」と元気な年寄りの声が聞こえてきた。

『はい! じゃあ、騒ぎが済んだら本人と会えますから、それまで我慢しましょうね! ……ということで、そろそろ切る。藍晶から連絡が入るかもしれないんだ』

「了解です。ではまた!」

電話を切る寸前まで、「またな!」「会えるのが楽しみだ!」といった声が聞こえてきた。

この大変なときに、一体麒麟の一族は何をしているのか。

蓮双は呆れて笑いながら、台所に立ってやかんに水を入れて湯を沸かした。

腹が減ったなら、冷蔵庫を開ければいい。

白遠が作り置きしてくれた総菜が入っている。ご飯は、冷凍にしたものがあるし、蓮双が飢えることはない。

「今頃……頑張ってるかな、白遠」

あいつの刃物は長くて危ないから、白遠に傷がついたりしませんように。

そう祈りながら、蓮双はマグカップを引っ張り出した。

沙羅鎖はすばしっこく、〝かくりよの混沌〟をちらつかせるので、上手く近づけない。

「どうする、氷翠」

「あれが少し面倒だな。アレさえなければ、本体に戻る前に噛みついてやれるのに」

黒桃は氷翠の体の上でぐっと伸びをしてその場に香箱座りをする。

「睚眦に白虎が、手も足も出せないなんて笑っちゃうって言うか。なんでみんな、そんな躍起になってるの？　バカじゃやね？」

沙羅鎖は彼らの目の前に現れ、何がおかしいのか高笑いする。

「いきなり飛びかかるなよ、氷翠」

「黒桃こそ」

二人とも、沙羅鎖がただ挑発しているのではないと分かってる。

飛びかかったら、沙羅鎖は全身を刀で覆うだろう。そうすると、傷を負うのはこちらの方だ。

「塗ってあるよな、アレ」

「そうだね。……〝かくりよの混沌〟が体内に入ると、激痛が走るって山神様に聞いたことがある。逆鱗《げきりん》が剥がれるくらいの痛みだって」

「お前、それ死ぬじゃないか。俺に任せておけ、睚眦は下がってろ」

「大事な伴侶を楯になんてできない」

「お前ら、どうでもいいから、そこで新婚ごっこはやめろ」

すとんと、睚眦の体に藍晶が乗ってきた。

「苦戦か？」

「〝かくりよの混沌〟を刀身に塗っているようで、うかつに手が出せません」

氷翠の言葉に、藍晶は「じゃあ、なんであいつは平気なんだ？　もう妖怪の域を越えたか？」と首を傾げて観察する。

「半分亡者だろう。妄執だけで存在しているようなものだ。私の知っている沙羅鎖とは、随分と姿が変わっている」

麒麟となって空を駆けてきた白遠が、沙羅鎖を睨み付けて言った。

ポニーテールはそのままだが髪を結っているのは細い蛇で、黒い服はクモの巣のように朽ちている。腰にぶら下げていたアクセサリーは錆びて変色し、足は膝から下が黒く硬いウロコで覆われていた。

「惨めな姿になったものだ沙羅鎖」

「麒麟の慈悲か？　そんなんいらね！　俺は蓮双を連れて、かくりよで楽しく暮らすんだ！　誰にも邪魔はさせないからな！」

沙羅鎖はそう言って笑おうとしたが、口を開けた途端に黒い液体が溢れ出た。

「アレに触れるなよ、お前ら。……つか、かくりよの汚泥で人界を汚すな。後始末が大変だろうが」

藍晶は苛立たしげに氷翠から飛び降り、すぐさま孔雀に戻ると汚泥を翼に受け止める。

孔雀に毒は通じないばかりか、毒素は彼の翼を艶めかせる。

「相変わらずハデだな藍晶さんは」

「感心している場合ではないぞ。沙羅鎖が逃げる」

白遠は感心する黒桃に声をかけ、宙を走り出す。

沙羅鎖が逃げた方向には、白遠と蓮双の住まいがあった。


「あのな、いきなり来たら驚くだろ？」

ちゃっかりやってきた祝湖にココアの入ったマグカップを渡しながら、蓮双がしかめっ面をした。

「だって、沙羅鎖を見失っちゃったんだもの。兄様に慰めてもらいたかったの」

「そっか……じゃあ、次はガンバレ」

「あなたは器なのに、兄様と同じことを言うのね。好きよ」

「ありがとう」

「……白遠が腰を上げてくれたお陰で、きっと沙羅鎖は捕まえられるわ。そしたら婚礼ね」

ああ、そこからやり直すのか。何も知らない俺でもいいのかな。

蓮双はあいまいに頷いて、マグカップを口にする。

「それにしても……今夜は風が悪いわね。私がここにいて正解かもしれないわ」

「白遠の結界は完璧だろ？」

「ええ。そうだけど……そのはずだけど……」

そのとき、ガラスが割れるいやな音と、何か重いものがおちる振動が響いた。

音は庭園からだ。

蓮双は駆け寄ろうとしたが、祝湖に腕を掴まれ引き戻される。

「なんだよ」

「行ってはだめ！　あれは……妖怪ではない。あなたの手には負えるわけがないし、私にも無理だわ」

祝湖が悔しそうに唇を噛み締めた次の瞬間、突風と悪臭が部屋を満たした。

部屋の飾りは一瞬で汚れ、可愛らしい鉢はすべて砕けて草木は朽ちる。

「兄様！」

「大丈夫。白遠の……タテガミが……俺を守ってる」

咄嗟のことで己に結界を張れなかった蓮双を守ったのは、いつも身に着けている白遠のタテガミだった。

「これは……〝かくりよの汚泥〟よ。人界にあってはならない量だわ。大量すぎるわ。そりゃあ白遠の結界も破れてしまうわよね。これからは、汚れにも対応した結界を張ってもらわないと……」

祝湖は小さく笑ってがくりと膝をつき、激しく咳き込む。

「祝湖！」

「まだ大丈夫よ。私の結界を蝕もうなんて、腹が立つわね！　この汚泥！　さあ、ここから逃げるわよ兄様。私に掴まって……っ！」

蓮双が祝湖に手を伸ばそうとしたとき、庭園からドロドロに溶けた黒い物体が現れた。

「どこに行くんだよ、蓮双。俺を置いてどこに行くんだよ、ずっと俺と一緒にいようぜ？な？」

沙羅鎖であったものが崩れ落ちる両手を差し出してきた。

「早く、蓮双！」

「……祝湖。一人で逃げろ。俺は……」

「兄様っ！」

蓮双の脇腹に、沙羅鎖の刀が突き刺さっている。

まるで全身の骨が砕かれるような、気絶してもすぐさま痛みで覚醒する……そんな、無間地獄にも似た激痛に襲われて、正気を保っているのが辛い。

ただ刃物に刺されただけの痛みでないことは、刺された蓮双が一番分かっていた。

「逃げるなっていったじゃん。俺だってすっげー痛いのに、我慢してこうやって来てるんだ。蓮双もこれで俺とお揃いだろ？　痛いよなあ？　苦しいよなあ？」

ああもううるせえ！　お前は黙ってろ！

蓮双は祝湖を突き飛ばして、「一人で逃げろ！」とありったけの声で叫ぶ。

これは、〝もっともよくないもの〟だ。

蓮双が見たことのある悪いものの中でも、これは最悪だ。

汚泥にまみれた自分が祝湖と時渡りをしたら、逃げた先で何が起きるか想像もつかない。それほどの恐ろしいものだった。

せっかく白遠の言いつけを守って結界の中にいたんだけどなあ。これは、もう、反則だよな。仕方ないってヤツだよな……。

「いやよ！　何があっても私、あなたを連れて逃げる！」

もう殆ど動けない蓮双を生かしているのは、白遠のタテガミだけだ。

それも徐々に薄汚れてきているのが分かる。

いやだいやだと泣きじゃくる祝湖をどうやって逃がそうかと、それだけのために蓮双は今、意識を保っていた。

「蓮双。ほら、俺たちはお揃いだな。汚泥に染まって仲良く生きていこうぜ」

蓮双の脇腹に突き刺さった刀を抜こうと、沙羅鎖が手を伸ばした、そのとき。

沙羅鎖の体を稲妻が貫いた。

一瞬にして消滅したのは沙羅鎖だけではなく、蓮双の脇腹に刺さっていた刀も跡形もない。それでも、黒く膿んだ傷口からは赤黒い血が溢れた。

「何やってるのよ！　白遠！　早く私の兄様を助けてよ！」

祝湖が叫び、そこへ天井から麒麟が飛来する。

彼は人の形へと変化して白遠となり、蹲る蓮双に駆け寄る。

「蓮双っ！」

「これは俺の領分だ」

藍晶は、表情をなくした白遠を押しのけ、蓮双の傷口に手を押し当てる。

すると傷口の黒い膿が藍晶の掌へと移動し、そのまま、藍晶の体を黒く染めていく。

だがその現象はすぐに落ち着き、藍晶は毒を体に取り入れた。

「まあ、いつものことだ。汚泥の毒は吸い出したぞ。ここから先はお前の領分だ、白遠。死なすな。絶対に死なすなよ？　お前が蓮双を捜し続けた年月をここで無駄にするな」

そう言って、藍晶は崩れ落ちた部屋をあとにする。

空には氷翠と黒桃が漂い、不安そうにこちらを見ていた。

「俺たちの手助けはもう終わった。あとは、吉報を祈るだけだ。行くぞ」

藍晶は床を蹴り上げ、睚眦のままでいる氷翠の背に乗って、飛び去る。

「白遠……兄様の傷はどうなの……？　藍晶が毒を吸い出してくれたから治るんでしょう？　ねえ？　治るんでしょう？」

ボロボロと涙を流す祝湖の頭を、白遠は優しく撫でる。

「蓮双……」

白遠が掌を蓮双の傷口に押し当てると、そこは柔らかな光に包まれていく。

「私は約束を果たせない愚か者だな」

「守った。白遠は……俺を、守ってくれた、ぞ」

蓮双は必死に胸を押さえ、白遠がくれたタテガミのお守りを彼に見せる。

「これがなかったら……俺……こうして、白遠に会えずに死んだ」

「そんなことを言わないでくれ」

白遠は「すまない、すまない」と頭を垂れて、蓮双の傷を治す。

傷は少しずつ治っていく。だが蓮双の体には力が入らない。それどころか、寒くて震えだした。

「蓮双、どうして……？」

「白遠……あれを、俺にくれ」

蓮双は分かった。白遠は傷を治してくれた。だが、自分の体が完全ではないから、このまま壊れてしまうのだと。

「欠片……俺に……」

「それでお前は元に戻るのか？　戻ってくれるのか？　私の蓮双として」

「分かんねえ……でも、何もしないで壊れるのは、俺はいやだ……」

だから欠片をくれと、口を開ける。

これだって簡単にしているように見えるけど、凄く辛い。

「私は、お前がお前でなくなってしまうのが……辛い」

「もし俺が……初めて白遠と会って、今日までのことを忘れても、白遠が覚えてるだろ？

俺の二十年間は……母さんが、覚えてる。だから……平気」

今頃思い出した。

そうだよ。康太さんが言ってたじゃないか。思い出を積み重ねていくって。大事な思い出を残すって。だから俺だって大丈夫だ。〝人間の蓮双〟を知っている人がいる。俺は存在していた。ちゃんとそこにいた。だからもし、すべてを忘れて〝猫又の蓮双〟になっても平気だ。

蓮双は「お願いだ」と囁くように言った。

もう白遠の顔もよく見えない。だから、何も見えなくなってしまう前に欠片を飲ませてほしい。

「白遠のために、俺が、できることを、するからさ」

白遠が頷いたのが分かった。

そっと一つずつ欠片を口に入れてくれる。一つ、二つ、三つ……。全部。

飲み込まなくとも、欠片は蓮双の一部。口の中で溶けて体中に広がっていく。きっと白遠のために、いいことが起きる。

悪いことのあとにはいいことが起きると決まっている。

「蓮双……」

白遠の優しげな声と、抱き締められたぬくもりの中で。蓮双は動かなくなった。

蓮双が目を覚ましたとき、目の前には白遠の情けない顔があった。

笑顔なのにボロボロと涙を零し、蓮双に縋って大声で泣いた。

次に現れたのが祝湖だ。

祝湖も「兄様っ！」と、蓮双に飛びついておいおい泣いた。

二人をしばらく泣かせてから、蓮双は自分がいる場所の確認を始める。

「俺は……どうしてここに？」

「蓮双……お前はどこまで覚えている？」

「は……？　覚えてるって言われても、何を忘れればいいんだ俺は」

そう言って起き上がろうとして、脇腹の激痛に顔をしかめる。

「なんだよこれ……っ……脇腹、痛え……っ」

「急に動くからだよ、蓮双」

涙目で脇腹を撫でる蓮双の前で、白遠が寂しそうな顔で微笑む。どうしてこんな顔をさせてしまうのか、蓮双には分からなかった。

気がつくと気の強い美少女である祝湖も、押し黙っている。

「二人ともどうしたんだ？　そんな変な顔して」

「変じゃないわ！　私はいつもの美少女よ！」

「そうだよ、蓮双。私だっていつもと変わらず完璧な美形だ」

三人はそれきり黙り、顔を見合わせて噴き出した。

笑うと脇腹に響いて痛い。

「しばらくはこんな感じなのかな。ったく……せっかく白遠が治してくれたのにな」

部屋の中が信じられないくらいしんと静まり返る。

白遠の目がまん丸になった。

祝湖は「奇跡だわ」と呟く。

「蓮双……」

「なあ白遠。俺……全部覚えてる。初めて白遠に会ったとき、俺はまだ小さな猫又で、迷子になった霧山の森の中でさ、信じられないほど綺麗な麒麟と出会ったんだ。そんで、俺たちは恋人同士になって、婚礼の日に沙羅鎖に襲われて砕けた。けど……最後の欠片だけが……延々と時を渡ってさ……そんで、人間の世界で母さんと出会って育ててもらった。この部屋、俺の部屋だろ？」

白遠は涙を堪えようともせず、笑顔で頷きながら泣いている。

「新界協力機構で出会ったとき、白遠はいきなり俺に抱きついてきてさ、俺は悲鳴を上げたよな？　覚えてるか？」

「覚えているとも……っ！」

白遠の力強い腕に抱き締められて、蓮双は我慢できずに泣きだした。

「俺、二度も白遠と恋ができた……！　俺をずっと支えてくれてありがとう。人として生涯をまっとうしたいと言ったとき、俺の我が儘に頷いてくれてありがとう。でももう、安心してくれ。俺は白遠と離れることはないから」

あんなに不安で怖かったのに、今はとても清々しい。

蓮双は「祝湖」と妹も手招きし、「兄さんがいなくて寂しい思いをさせた」と言って妹を号泣させた。

「もう、いいだろうか？」

ふすまの向こうから、じれったそうな声が聞こえてきた。

あれは藍晶だ。ちゃんと覚えている。

霧山の里でも人界でも、彼には随分と世話になった。

「ああ。入ってこい」

白遠が答えると、勢いよくふすまが開き、藍晶と康太、そして母が駆け寄ってきた。

「俺のことも覚えてるか？　俺たちのこと」

康太が、藍晶の首にしがみついて、涙目で話しかける。

「覚えてる。康太さんのお陰で、俺は欠片を飲めたんだ。ありがとう。藍晶さんは、俺の体から毒を出してくれてありがとう。お陰で、またこうして……白遠と一緒にいられる」

ありがとうありがとうと頭を下げてから、蓮双は最後に母と向き合った。

「母さんね……あんたが眠ってるときに白遠さんから全部教えてもらった。もしあんたが母さんのことを……母さんと過ごした日のことを忘れてもね、母さんは覚えてるから大丈夫って思ってた。でも、今こうして……全部覚えてる蓮双と会えて、本当に嬉しい」

母は蓮双の手を両手で握り締め、目に涙を浮かべて思いを話す。

「俺も。母さんのこと忘れないでよかった。……あのな、この子もある意味母さんの娘だ。俺の妹だから。な？　祝湖」

蓮双がそう言うと、祝湖と母は「とっくに仲良しよ」と笑い合う。

「今度猫又の御屋敷に呼ぶって約束したの。私たちの母様にも是非会ってもらいたくて。ねえ兄様」

そうだった。

蓮双には、猫又の両親がいる。

母が二人もいるなんて、とても贅沢だと蓮双は思った。

「蓮双の体が元通りになるまでは、まだしばらくかかるだろう。その前に、だ」

藍晶はじろりと、白遠を睨んだ。

「どうかしたのか？　私の顔になにかついているか？」

「貴様は死ぬほど蓮双に謝罪するんだな。伴侶を失った人外ほど、哀れなものはない。蓮双が生きていることに感謝し、土下座の勢いで謝罪しろ」

藍晶が白遠のことを思って言ってくれているのは分かるが、ホント、この人は言い方がキツイ。

蓮双は「俺は気にしてない」と言って白遠をフォローしたが、白遠はその場で頭を垂れ、「私のせいで危険な目に遭わせて申し訳なかった」と謝りだした。

「じゃあ、ここは二人に任せておいて、私たちは下でゆっくりしましょう。お腹が空いてる人はいる？」

母の問いかけに藍晶と祝湖が力強く手を上げた。

「はいはい。じゃあ、康太さん、手伝ってね！」

「喜んで！」

母がみなを連れて階段を下りていって、ようやく白遠は顔を上げる。

「な？　もういいから……」

「私が沙羅鎖をもっと早く捕らえていれば、お前が傷つくこともなく、住まいを汚泥で汚すこともなかった。それに……」

白遠はそこで口を閉ざし、改めて蓮双を見つめて「私はお前を守れなかった」としょんぼりした顔を見せた。

「守ったよ！　白遠のタテガミがなかったら、俺はすぐに死んでた！」

「そういう問題ではない」

「そういう問題だよ！　俺は生きてる！　記憶も全部取り戻した！　日本には、終わりよければすべてよしって慣用句があるんだ！」

確かに大変なことがいっぱいあった。いっぱい起きた。けれど記憶は戻ったし、災いの元もなくなった。

これでいいじゃないかと、蓮双は思う。

「俺……白遠と離ればなれにならなくてよかったと思ってるのに……白遠は違うのか？」

「同じだ。蓮双と同じ思いだよ。ただ……お前に辛い思いをさせてしまったのが苦しい」

「今は元気だからいい。それに、あれくらいのきっかけがなかったら、俺はきっと欠片を飲むことはなかった」

「……そうか」

白遠はまだため息をついている。

「あのな？　俺が元通りになったことを喜んでくれ。そしていつもの白遠に戻れ。元気になったら、俺たちの婚礼なんだぞ？　俺を嫁にすると言ったのはどこの誰だ」

「私だ」

「だろ？」

蓮双はごろんとフトンに横たわり、「疲れたから寝る」と目を閉じる。

「目が覚めても……白遠は俺の傍にいるよな？」

今までのは壮大な夢でした……なんてオチはいらない。

蓮双は白遠の左手を両手で握り締め、「これで安心だ」と小さく笑う。

「まったく。私が蓮双の傍を離れるわけがない」

白遠は呆れた声でそう言うと、蓮双の頭を優しく撫でる。

蓮双は嬉しくて「にゃー」と鳴いた。

「師匠――っ！」

「あら弟子――っ！」

霧山の里に着いてすぐ、母は師匠にして橘家の老当主である亮《りょう》と再会した。

「あんたの育てたあの子が、実は麒麟の許嫁だったとはね！　なんとも不思議な縁だよ」

「本当に！　息子が婿でなく嫁になるってのも、また不思議な感じです。幸せならそれでいいんですけど」

亮と母は着物姿で、二人で十人分ぐらいはしゃいでいる。

その横で霧山学園の教師にして、狐の息子を娶った通《とおる》が「祖母さん、もう少し落ち着いてくれ」としかめっ面で言い聞かせていた。

嫁の雪総《ゆきふさ》も、今日ばかりはしとやかに着物を着ているが、大勢の神獣一族を前にして人見知りしてしまい、夫の背にしがみついて離れない。

「うは、雪総が可愛いことになってるぞ。着物なのに尻尾が出てる」

「黒桃の方がうんと可愛いと思う」

笑う黒桃に、氷翠がうっとりと言い返す。

両親と共に神獣・白虎と黄龍の一族を代表してやってきた黒桃と氷翠は、孔雀の後ろで頬を引きつらせている康太を見つけて駆け寄った。

「康太さん、顔が固まってる」

黒桃が康太の頬を両手で包み、ぐにぐにと揉みほぐす。

「職場で慣れたつもりだったんだけどさ……こうして人外ばかりの里に来るとね、緊張しちゃうね。みんな人に変化してくれててよかったけど……」

「慣れますから大丈夫」

氷翠の笑顔に、康太は「そうだね。今までもそうだったから」と言って、藍晶の手を強く握り締めた。

藍晶はというと、康太が甘えてくれるのが嬉しくて上機嫌だ。

賑やかだった人外たちも、霧山を統べる神々の登場で静まりかえった。

神々がやってきたことを知らせる灯籠が、麒麟一族の屋敷に次から次へと灯った。


蓮双は白遠から贈られた記念すべき白無垢を纏い、緊張しながら歩いていた。

紋付き袴と留め袖姿の猫又たちが、祝い提灯を持って屋敷を出て、嫁入り先の屋敷へと向かう嫁入り道中だ。

先頭では美声猫又たちが長持唄を歌い、一族の長がそのあとに続く。

蓮双は道中の中程に位置し、その後ろには妹の祝湖が続いた。

めでたい歌が森に響き、猫又たちの提灯がふわふわと揺れる。

蓮双の心も、白遠の元に早く行きたくてふわふわと揺れた。


「嫁入り道中ご到着！　ご到着！」

門番が声を張り上げ、拍子木を打ち鳴らす。

すると屋敷の奥から白い紋付き袴姿の白遠と、向かって右側に両親、左側に後見人が並んで現れ、一同を出迎える。

「猫又が一族の蓮双を、一族郎党で連れ申した」

長が言い、猫又たちが「にゃーん」と声を張り上げる。

それを受け、麒麟の後見人が「ご苦労様でございました」と声を張り上げる。

これにも猫又たちは「にゃーん」と返事をした。

「麒麟が一族の白遠が、猫又様から嫁をもらい受けまする」

今度は白遠が声を張る。

「猫又が一族蓮双が、白遠様の嫁になりまする」

それに蓮双が答える。

「さて猫又の皆々様、一人残らず麒麟の門をおくぐりなされ」

白遠の両親が、来客をもてなすために声を張った。

猫又たちは「にゃーん」と一際高く鳴き、麒麟の格に泥を塗らせぬよう、優雅に門をくぐっていく。

すべての猫又が門の中に入ったところで、門番が拍子木を一度鳴らした。

少々古めかしい婚礼の始まりだったが、本当なら五百年も六百年も前にやるはずだったのだから、みな気にしない。

それよりも、この古めかしさがいいと、うっとり頬を染める年配の妖怪たちが大勢いた。

「凄いな。いいもの見られた」

康太が目を輝かせているのを見て、藍晶は「あれがしたいなら、俺たちもできるぞ」と囁く。

「そっか……藍晶は孔雀だもんな。けど俺、別にいいや」

自分のことには無頓着なのかと、藍晶が軽く頷くと、康太は「ずっと一緒にいてくれれば、それが一番嬉しい」と照れくさそうに笑う。

「バカが。ずっと一緒に決まってるだろうが。俺は、お前が死んでも離さないから覚悟しておけ」

康太は驚いた顔で藍晶を見つめ、「そうだったな」と両手で顔を擦った。

「それくらいで泣くな」

藍晶は康太を胸に抱き、猫又たちが屋敷に入って行く様を見続けた。


「それでは、ここからは無礼講だ」

神々が扇子を揺らしながら言ったところで、大広間は盛大に盛り上がった。

蓮双も上座で胡座をかいて、白遠と酒を酌み交わす。

堅苦しい儀式は終わり、これからが人外たちの本領発揮の時間だ。

色っぽい柳腰の狐の娘たちが三味線（猫の皮は使っていない縁起物）に合わせて踊り、鶴たちも負けじとめでたい夫婦の舞いを舞う。

妖怪たちは芸達者な者が多く、場を白けさせることを嫌う。

霧山学園の通など、教え子たちに「橘も踊れ！」と引きずり出されて断れず、「しかたない！　俺が助けてやる」と胸を張った嫁と一緒に踊った。

「まったくあの子は！　相変わらず雪総の引き立て役だよ。恥ずかしい」

祖母の亮は孫に厳しい点をつけつつ、狐の頭領と酒を酌み交わす。

蓮双が、猫又の両親と人間の母を会わせたところ、とんでもなく意気投合し、人界へ遊びに行く予定まで立てた。

祝湖と玉桜の美少女コンビは、微笑んでいるだけで大輪の花になった。

みな大いに飲み、大いに笑い、この婚礼を盛り上げる。


久しぶりに山ほど酒を飲んだ蓮双は、少し涼もうと広間を抜けて庭に出る。

「おや」

そこにはすでに藍晶と康太がいて、二人とも肩寄せ合って楽しそうに囁き合っていた。

覗き見するつもりはこれっぽっちもなかったのだが、藍晶が康太を抱き寄せたところから妙な雰囲気になってきた。

聞くつもりもまったくなかったのだが、康太の気持ちよさそうな声も聞こえてきた。

これはだめだ。恥ずかしい。俺も白遠に会いたい。ところであいつはどこに行った？

こそこそと今来た廊下を戻っていくと、狐の娘たちに言い寄られている白遠とばったり出会った。

藍晶と康太はあんなに仲がいいのに、俺の夫はなんなんだと、蓮双は泣きたくなった。が。

「女性に手荒なことはしたくないが、私の伴侶は後にも先にも一人しかいないのでね」

白遠は狐の娘たちを強引に押しのけ、泣きそうな顔をしていた蓮双に両手を差し伸べる。

蓮双は彼の腕の中に収まり、「俺の婿」と何度も言った。

「あらあら、可愛い子猫ちゃん」

娘たちは大して傷ついた様子は見せず、くすくすと笑いながら宴会に戻る。

「どこに行っていたんだ？　蓮双。捜したんだぞ？　一人で勝手にうろつかないでくれ」

「庭に涼みに行ったらさ、藍晶と康太が、その、イチャイチャしてたから気まずくなって戻って来た」

「ならば、私たちもいやらしいことをしようか？」

「イチャイチャじゃないのかよ」

「私はどっちでもかまわんよ？」

白遠の指が、着物の裾を捲り上げ、蓮双の太腿を撫で回す。

「ここじゃなく」

「ならば、新婚の寝室だ」

「え？　ここで初夜？　なんか、何をしててもバレてそうで恥ずかしい」

蓮双は顔を朱に染めて白遠に凭れた。

「実況を楽しみにしている連中も多いからな。私が結界を張るに決まっている」

「そっか。なら……もう、初夜の寝所に行こう」

蓮双は白遠にひょいと抱き上げられて、濡れ縁から寝所へと向かった。

広間では、まだみんな楽しそうに騒いでいる。

みな本日の主役がいなくなったことに気づいているが、それを指摘するような野暮は一人もいなかった。


「このままがいい」

帯を解こうとした蓮双を布団の上に転がして、白遠が微笑む。

「もしかしてさ……白遠って、素っ裸より服を着てる方が好きなのか？」

「そうだな。着衣の乱れに興奮する」

白遠は真面目に答えながら、裾の中に手を入れた。

「俺……この着物を汚すのはいやだ。大事な着物だ」

数百年越しの白無垢なのだ。大事にしたい。

「そうだな。じゃあ……もう少し上までたくし上げて……」

「白遠のエロ麒麟」

白無垢を腰までたくし上げられて、白遠の前にあるのは白い襦袢だけだ。

下着を穿いていない蓮双は、薄い襦袢を見られるだけで羞恥を感じて勃起した。

襦袢を押し上げ、先走りが染みを作る。

「本当に、蓮双は可愛い。私の嫁だ。今日から蓮双は、私の嫁」

「だったら、俺だって言ってやる。白遠は俺の婿」

「新鮮だ」

「俺の婿なんだから……嫁は大事にしろ」

「当然だ。生涯、嫁はお前一人だよ、蓮双」

白遠の掌で襦袢越しに陰茎を擦られて声が出る。

「俺も、俺も……白遠を気持ちよくしたい」

蓮双も、白遠の下肢に右手を伸ばし、熱く滾った彼の陰茎を握り締めた。

「そうやってたどたどしく握り締めてくれるのも嬉しいが、できれば扱いてくれないか?」

耳元でからかわれて、蓮双は「悪かったな」と指を動かした。

すると白遠が気持ちよさそうに低く呻く。

「白遠の声を聞いてると……俺まで、凄く、感じる」

この体の経験は浅いが、蓮双の記憶は、初めて白遠と繋がった遙か昔から、今日までのことを覚えている。

「俺の初体験は……二度とも白遠だったな」

「そうでなければ困る。蓮双に触れていいのは、私だけなんだぞ」

白遠の指も動き出す。

襦袢の中に潜り込んで陰嚢をゆるゆると揉み始めた。

「だめっ、それ……よすぎて……っ」

蓮双は「こっち弄って」と、左手で襦袢を引き上げて陰茎を突き出すが、白遠は「お前が可愛く身悶えるところを見たいんだ」と言って、陰嚢だけを優しく揉み転がす。

「あっ、俺も、白遠を気持ちよくして、やりたいのに……っ」

「その気持ちだけで十分だよ」

「やっ、あ、あぁっ、白遠っ、俺のここ、全部弄ってくれっ」

蓮双はたまらず立ち膝をして、帯を緩めて着物を左右に大きくはだけさせ、薄い襦袢を胸まで引き上げる。

そして腰を突き出して「ここ、弄って、俺を可愛がって」と声を上擦らせた。

「いいおねだりだ」

「んっ、白遠が好きだから……我慢したくないっ」

襦袢で顔を覆っていても、下肢は白遠の前にすべて晒している。

白遠は楽しそうに指を動かし、蓮双の感じる場所を細かく丁寧に探っていく。

敏感な部分はもう知っているくせに、それを何度も繰り返すのが、白遠は好きなのだ。

そして蓮双も、白遠の執拗な愛撫が好きだった。

「ん、んんっ、そこっ、俺もうっ出ちゃうよ……っ」

蓮双は、鈴口を撫で回されながら陰嚢を揉まれ、腰を前後に揺らし始める。

「先に射精しておくか？　それとも、私が中に入るまで我慢するかい？　蓮双」

「あ……っ」

蓮双はすぐに「白遠が中に入ってくるまで、我慢する」と答えた。

俯せになって腰を高く突き出すと、形のいい白い尻が丸見えになる。白遠は尻を両手で掴み、そっと左右に押し広げて、蓮双の後孔に舌を這わせた。

「ひゃっ、あ、あ、ああ……っ、中、入れちゃ……やだぁ……っ」

枕に顔を押しつけて、蓮双が甘い悲鳴を上げる。

後孔に舌を差し込まれ、抜き差しを繰り返されるたびに、激しい羞恥と快感で頭の中が真っ白になった。

「やっ、あっあっ、中に入ってくるっ、そんなとこ舐めちゃ……っ」

後孔を舌で嬲られたと思ったら今度はようやく白遠の陰茎があてがわれる。

挿入された衝撃だけで、蓮双は短い悲鳴を上げて達してしまった。

襦袢に白濁とした精液がつき、溜まっていく。

「この恰好は……あまりしないから新鮮だろう？」

あまりやらないのではなく、深く入ってくるから蓮双が苦手なのだ。

「この体で無茶すんなよっ、まだ慣れてないっ、あ、あぁっ、奥まできちゃやだぁっ」

未知の快感が恐ろしくて涙が溢れる。

怖いのに、体は白遠に合わせて動き始めた。

「いい子だ、蓮双。もっとねだっていいんだぞ」

「白遠、白遠……っ腹ん中……おかしくなるっ」

指が白くなるほど布団にしがみつき、白遠の動きに合わせて腰を揺らして声を上げる。

陰茎は半勃ちなのに先走りがとろとろと溢れて、何度も肉壁で絶頂した証となった。

「蓮双……っ」

白遠もきゅうきゅうと締めつけられて、蓮双の中に射精する。

「そんなにいっぱい……やっぱ俺……いつか妊娠するから……」

「そうなったら嬉しいな」

白遠は蓮双に覆い被さり、背後から彼の下腹を両手で撫でた。

「くすぐったい……って、あ、んんっ、少しは休ませろよ……っあっああっ」

蓮双の中で白遠が硬さを取り戻す。

「すまん。私はお前とのセックスを自制しない」

「え？」

「蓮双が愛しすぎるからだ」

「俺のせいかよ！」

「すまん。私も悪い」

白遠が耳元で笑い、蓮双はからかわれたのだと知って顔を赤くする。

「夜は長いから……休み休み延々と続けよう」

白遠は蓮双と繋がったまま横倒しになった。

「あ、俺もこの方が楽」

「それはよかった」

「楽すぎて、このまま寝そう」

「大丈夫。私が起こすから」

それもそうだ。

こんな恥ずかしくて間抜けな姿で居眠りなんてできない。

蓮双はくすくすと笑い出し、自分を抱き締めている白遠の腕に自分の手を合わせた。

婚礼が終わってからは、やることが実に多かった。

白遠は「あの場所は楽だったのであそこに住み続けたい」と言ったので、大掃除をすることになった。

ガラス窓の庭園は壊され部屋の中は汚されまくったので、掃除は業者に任せた。

業者と言っても人間のではない。何せ、あの場所には〝かくりよの混沌〟がまだ残っているので、登場したのは人外の、その道のプロフェッショナルだ。

「あー……少なく見積もってもこれくらいはかかりますねえ」

化け狸の現場監督は、電卓を弾いて白遠に見せた。

「高いな。……本当に仕方のないことなのか？」

「麒麟さん、こういうことはけちってはいけませんよ。麒麟なんだから、ね？　もっと堂々としてください」

話を横で聞いていた蓮双は、ぷっと噴き出して肩を震わせる。

「仕方がない。では頼む」

白遠は契約書にサインをして、あとを狸の清掃チームに任せて一週間待った。

狸だからバカにしていたわけではないが、ガラス窓の庭園は元通りになって感嘆した。

居心地のよかった部屋は、やはり内装は全部破棄で、テラコッタの床を新しく張るところから始まった。

「俺、自分で部屋を作っていくのは嫌いじゃない」

そう言って、蓮双は白遠の設計した通りにテラコッタを埋め、壁に色を塗った。

天井を塗るのは二人でやった。

落ち着いた渋皮色の壁に、くすんだブルーのタイルがよく似合う。

タイルは、蓮双を捜して世界を回っているときに、白遠がたまたま見つけたもので、それ以来このタイルを集めていた。

内装のペンキと床が綺麗に乾いた頃には、年末になっていたが、二人は仲良くベッドを買い、タペストリーやソファ、今度は四人でも大丈夫な大きさのテーブル。来客用の椅子や食器を揃えた。

一から二人で作り上げた家に、最初に招待したのは母だ。

その頃には正月だったが、おせち作りが間に合わなかった二人のために母は三段重を持ってきてくれた。

そして白遠は、事件のあと、最初からやり直して必死に編んだセーターを母に贈る。

「あらステキ。本当にステキな息子が二人に増えて、母さん嬉しいわー」

母は飲んで騒いで喜んで、帰りは白遠の編んだセーターを着て帰っていった。

次に呼んだのは、藍晶と康太だ。

「へー……前とちょっと雰囲気は変わったけど、こっちもステキだな」

康太は手作りのアップルパイを「どうぞ」と蓮双に渡し、部屋の中を見て歓声を上げる。

「ほほう。ようやく大きなテーブルにしたか。来客用の椅子もある。学習したな」

藍晶は相変わらずだが、彼なりの褒め方なので白遠は「うんうん」と笑顔で頷く。

みなはテーブルに集まり、康太のアップルパイと蓮双が入れた紅茶をいただきながら、今後のことを話し合った。

「春になったら本格的に封印組を動かす。いろいろプランは練ってあるんだが、お前も何か意見があるなら書き足しておけ」

藍晶はフラッシュメモリーを白遠に渡した。

「そういう細かい作業は藍晶向きだ。私は、所長の命令で動こう」

「またそういう、簡単な立場に自分を置く馬だな。お前は馬だ」

「適材適所と言え、鳥」

「ここで喧嘩するなよ。神獣なのにどうしてそう喧嘩っ早いんだ？」

蓮双は二人の間に入り、「もっと凛々しく、美しく」と手を叩く。

「私は元から美しいが？　蓮双」

「俺もだが蓮双」

麒麟と孔雀が胸を張り、どうでもいいところで競い合う。

康太は「いつものことだから放っておこう」と肩を竦めた。

「そんなことより、封印組の仕事だろ！　あ、藍晶さん。俺は本当に、白遠と一緒ですから。絶対に離れませんから、離したら恨みますから」

蓮双は真顔でまくし立て、白遠に微笑みかける。

白遠も「当然じゃないか」と微笑み返す。

「わざわざ宣言しなくても分かってるって言ったじゃないか」

しかめっ面をする藍晶に、今度は白遠が口を開く。

康太は「ガンバレ藍晶」とエールを贈るだけの存在になった。

「私は、蓮双を抱き締めて絶対に離さないから、離そうとしても無駄だ」

麒麟らしく凛々しく胸を張って、白遠は堂々と言い切る。

藍晶は麒麟の言葉を無視し、アップルパイの最後の一切れを名残惜しそうに食べた。

「あのな。なんで俺が麒麟の恋路を邪魔するんだ？」

「お前は私に無茶ばかりさせるから、先に言っておかんと」

「その言葉を、そっくりお前に返す」

神獣たちがグチグチと言い合っている横で、蓮双は康太に「俺も少しは料理ができるようになりたい」と相談を始めた。

「白遠さんが作れるんだからいいんじゃないかな？」

「だからこそ、ですよ。白遠の具合が悪くなったら、看病してやりたいし」

蓮双はあの「おかゆができたよ、冷ましてあげるね。ふーふー」というのを一度やってみたくてたまらないのだ。

「神獣って具合が悪くなるのか？　俺、まだ見たことないや」

康太は腕を組んで「毛並が悪くなるのか？」と首を傾げる。

「だから、もしものときのために。米は炊けるようになった。しかしおかゆが作れない」

「出汁に、茶碗一杯のご飯を入れて、煮立ったら溶き卵を……あ、これだとおじやか。おじやでもいいんじゃないかな」

「なんだそれ、凄く旨そう。凄く旨そう……っ」

「ご飯をうどんに替えても旨い」

「……藍晶って、毎日そんな旨い物食べてるんだ」

すると康太は「もう少しいいものを食べさせてるよ」と、笑った。

「ただささ、ほら、鶏肉が一切ダメって言うのがね」

藍晶は神獣・孔雀であるので、鳥は食べない。康太の職場の先輩たちにも会ったことがあるが、全員鳥の妖怪で、やはり鶏肉は食べないそうだ。

「たまにジューシーな鶏の唐揚げが食べたくなるから、そんなときは、一人でガッツリと食べに行ってる。何もかもを相手の嗜好に合わせてるとつき合いは続かないしね」

うんうんと頷く康太に、蓮双は感心する。

「そっか。……白遠は、いつも『お前の食べたいものを作ろう』って言ってくれる。嬉しいんだけどさ、たまには白遠が食べたいってものを作ってくれてもいいかなと」

「それだ……！」

神獣たちはまだ嫌みを言い合っている。よくも言い合いが続くものだ。

だから、康太がポンと膝を打ったのにも気づかない。

「へ？」

「だったら、蓮双が白遠さんからリクエストを受ければいい。ほらいつもあの人『何かリクエストはあるかね？』って聞いてくれるじゃないか。だから」

「そっか！　……と、ここで話が振り出しに戻るんだよ。そこまで不器用じゃないと思うから、いっそ料理教室にでも通ってみるか」

男だけの料理教室もあると聞く。

女性に囲まれて窮屈な思いをするよりも、男同士の方がきっと気楽だろう。

「何を作るかにもよるけど、よかったら俺が教えようか？　平日は無理だけど、週末なら時間を作れる」

「康太さんって……本当に優しいんだな。藍晶が惚れるはずだよ」

「第一印象はお互いに最悪だったけどな。今は幸せだし、まあいっか」

「俺は……迷子になってるところを、白遠に保護された」

「なんか……ごめん、今、凄く可愛いものを想像した。こう、小さくて柔らかくてミーミー鳴いてるような、そんなもの」

それはまったく間違っていない。

まだ屋敷の中しか知らなかった頃に、部屋に迷い込んだ蝶を追いかけていたら、知らない森に迷い込んでいた。

帰る術も身を守る術も知らずに、蓮双は心細くなって鳴いていたのだ。

そこへ、一頭の麒麟が現れた。

『…………迷子、なのか？』

心細かった蓮双は、鳴きながら麒麟の蹄に両前足の肉球を乗せた。

『猫又の屋敷に連れてって』

今考えると、よくもまあそんな図々しいことが言えたものだと、蓮双は思い出すたび一人でニヤニヤしてしまう。

『分かった。私は白遠と言う。お前は？』

『蓮双』

そして白遠は人に変化して、小さな蓮双を両手で包むように抱いて、猫又の屋敷に連れ帰ってくれた。

「俺は……第一印象から最高だった。白遠は凄く優しくて、俺が間違ってあいつの手を囓っても怒ったりしなかったんだ」

「子猫は何をやっても可愛いからな。……そうか、子猫か。きな粉のおはぎでも作ってみようか？　きな粉と黒ごまを使って三毛猫を表現する。しかも旨い」

おはぎなんて……なんて素敵な響きだろう。

年に一回は、祖母が作ってみんなに振る舞ってくれた。

「餅米を炊いて、半殺しにして、粉をまぶすだけだから失敗も少ない」

「半殺しって……康太さん何ソレ」

「ああ。餅米の潰し方。米の形を残す潰し方なんだ。言い方がちょっと物騒だよね」

もしかしたら白遠も、台所で「ふふ、半殺し」と言って野菜を刻んでいるかもしれない。

半殺しの意味はまったく違うが、蓮双は、料理はたまにホラーだなと思った。

「怖かったら別のにする？　白玉団子も簡単だよ」

「いや……俺はおはぎに挑戦する。そして白遠に『旨いなあ』と褒めてもらうんだ」

「あの人は、蓮双の作ったものなら……」

康太はそこで口を閉ざし「野暮だった」と笑う。

「そしたら、白遠には絶対に内緒で作り方を教えてください、康太さん」

蓮双は声を潜めて言い、康太が頷く。

「だから、貴様は少しばかり色が多いからといって、本当にうるさい鳥だな！」

「貴様こそ！　俺に雷を落としたときのことは絶対に忘れんぞっ！　馬！」

「いい加減にしろっ！」

蓮双と康太の声が、同時に部屋に響いた。

互いに「貴様、貴様」言っていた神獣たちは、慌てて口を閉ざす。

「これ以上うるさくすると、二人の顔に、俺の爪で〝猫の髭〟を描くぞ」

ジャキンと、蓮双の爪が鋭い刃物になった。

もうすっかり妖怪猫又だ。

「これからの仕事に関しての話も入っていたから、つい意見が白熱してしまった。申し訳ない」

うそつけ。もっと子供っぽいことで言い争ってただろ。

……なんてことは、可哀相だから言わない。

蓮双は、「相手は客だからな？」と言って、白遠の頭を優しく撫でた。

康太は康太で「人様の家で騒ぐな」と藍晶の肩を揺さぶっている。

「ところで、何やら料理の話が出ていたような気がするが」

「ああ、康太さんは料理が上手いって話だ」

「おじやがどうとか……」

「食べたことがないから旨そうだって」

「おじやか。ふむ。…………君たち」

白遠は何を思ったのか、偉そうに腰に手を置き、藍晶と康太を見た。

「今夜は魚と野菜の鍋で、締めはおじやにしようと思うんだが、食べていくかね？」

さっきまで言い争っていた藍晶は真っ先に頷き、康太も「手伝います」と嬉しそうに頬を染める。

「そうやってさー……白遠は俺を甘やかすんだもんなあ」

「食べたいんだろう？　おじや」

「うん」

なあ白遠。そのうち俺も、白遠のために旨いおはぎを作ってやるからな？　勿体ないとか言わずに食べてくれよ？

これもまた一つの思い出だ。

積み重なっていく大事な記憶は、二人が離ればなれだった時間をやがて追い越すだろう。

〝封印組〟という仕事もでき、まだ会ったことのない神獣や妖怪とも会うに違いない。

それでも、と。

蓮双は白遠が傍にいてくれれば、なんでも乗り越えられると思っている。

「俺、ずっと白遠の傍にいて、白遠の旨いメシを食べるんだ」

つい真顔で言うと、白遠はしょんぼりとした。

「ひどいな。それだけかい？　蓮双」

そんなわけないだろ。俺はからかっただけだよ、白遠。

蓮双は「違う違う」と首を左右に振って笑う。

「ごめん。愛してるから離れない」

「私もだよ。絶対に離さない」

藍晶が「お熱いことだ」と茶々を入れるが、白遠が「それは私たちだけか？」と返した。

すると藍晶は歯を見せて笑い、康太は頬を染める。

「あれだな。神獣とは、どこまでも伴侶に甘いのだ」

白遠が嬉しそうに目を細めて、藍晶と康太がいる前で蓮双を力任せに抱き締めた。

あとがき

はじめまして&こんにちは。髙月まつりです。

この人外話も五冊目です。

ありがとうございます。

……で、今回はもしかしたら人外一家庭的かもしれない麒麟が攻めでした。

麒麟ってもっとこう……神々しくて近寄りがたいというイメージがありましたが、書いていくうちにどんどん変わっていきました。なぜか〝オカン属性〟の麒麟に。

あんまりありがたくありませんが、恋人を思う気持ちは世界一ではないかと。

麒麟・白遠の住まいは、実際そういうのがありそうだなーと思いながらファタジーを詰め込みました。楽しかったです。

あと、私の書くキャラはよくジャージやスウェットパンツを穿いてて、オシャレじゃない。申し訳ないと思いつつも、楽な恰好優先になってしまいました。

猫又一族の蓮双は、すべてが終わったあとにゴロゴロと喉を鳴らして白遠の膝の上に乗ると思います。

（尻尾をピンと立てて）

麒麟に甘える猫、可愛いじゃないですか。きっと背中にも乗りますよ。白遠なら好きにさせますよ。そういう麒麟です、彼は。愛です。

そして今回も、新界協力機構の藍晶と康太が出てきました。相変わらず仲のいい二人で、書いてる私も楽しかったです。黒桃と氷翠、あと通と雪総も出しました。というか、キュッキュと詰め込みました。みんな幸せに暮らしております。

イラストを描いてくださったこうじまさん、本当にありがとうございましたっ！　そして、人外ばかりですみませんでした。大事なことなので二度言います。本当にありがとうございました。

それでは、また次回作でお会いできれば幸いです。

プリズム文庫

ここから先は手をつなごう
髙月まつり
Illustration こうじま奈月
人間界で暮らすムササビの妖怪と人間のハーフである真弘は、『絶対に運命の人が現れる』『出会った瞬間にこの人と結婚すると分かった』という言葉を、亡き両親から聞かされていた。いつかは自分も運命の人と出会えると思っていた真弘の家に、熊の妖怪と人間のハーフの雄偉が同居することになった。人間の世界に憧れ、そこで伴侶を娶ることが夢という雄偉との同居生活の行方は――？

NOW ON SALE

原稿募集

プリズム文庫では、ボーイズラブ小説の投稿を募集しております。

優秀な作品をお書きになった方には担当編集がつき、デビューのお手伝いをさせていただきます！

応募資格

性別、年齢、プロ、アマ問わず。他社でデビューした方も大歓迎です。

募集内容

商業誌に未発表のオリジナル作品であれば、内容に制限はありません。

ただし、ボーイズラブ小説であることが前提です。エッチシーンのまったくない作品に関しましては、基本的に不可とさせていただきます。

枚数・書式

1ページを40字×16行として、100～120ページ程度。

原稿は縦書きでお願いします。手書き原稿は不可ですが、データでの投稿は受けつけております。

投稿作には、800字程度のあらすじをつけてください。

また、原稿とは別の用紙に以下の内容を明記のうえ、同封してください。
◇作品タイトル　◇総ページ数　◇ペンネーム
◇本名　◇住所　◇電話番号　◇年齢　◇職業
◇メールアドレス　◇投稿歴・受賞歴

注意事項

原稿の各ページに通し番号を入れてください。

原稿は返却いたしませんので、必要な方はコピーを取ってからのご応募をお願いします。

締め切り

締め切りは特に定めません。随時募集中です。

採用の方にのみ、原稿到着から３カ月以内に編集部よりご連絡させていただきます。

原稿送り先

【郵送の場合】〒153-0051　東京都目黒区上目黒1-18-6　NMビル3Ｆ
（株）オークラ出版「プリズム文庫」投稿係
【データ投稿の場合】prism@oakla.com

プリズム文庫をお買い上げいただきまして
ありがとうございました。
この本を読んでのご意見・ご感想を
お待ちしております!

【ファンレターのあて先】
〒153-0051 東京都目黒区上目黒1-18-6 NMビル
(株)オークラ出版 プリズム文庫編集部
『高月まつり先生』『こうじま奈月先生』係

プリズム文庫

抱きしめて離すもんか

2013年12月23日 初版発行

著　者　高月まつり
発行人　長嶋うつぎ
発　行　株式会社オークラ出版
〒153-0051 東京都目黒区上目黒1-18-6 NMビル
営　業　TEL:03-3792-2411 FAX:03-3793-7048
編　集　TEL:03-3793-8012 FAX:03-5722-7626
郵便振替　00170-7-581612(加入者名:オークランド)
印　刷　図書印刷株式会社

Printed in Japan
ISBN978-4-7755-2155-7